主编　凌翔

当代著名作家美文自选集

秋高雁声声

高丽君　著

民主与建设出版社
·北京·

© 民主与建设出版社，2019

图书在版编目 (CIP) 数据

秋高雁声声 / 高丽君著 . —北京：民主与建设出
版社，2019.12
ISBN 978-7-5139-2761-1

Ⅰ . ①秋… Ⅱ . ①高… Ⅲ . ①散文集—中国—当代
Ⅳ . ① I267

中国版本图书馆 CIP 数据核字（2019）第 248099 号

秋高雁声声
QIUGAO YANSHENGSHENG

出 版 人	李声笑	
著　　者	高丽君	
责任编辑	周佩芳	
封面设计	陈　姝	
出版发行	民主与建设出版社有限责任公司	
电　　话	（010）59417747　59419778	
社　　址	北京市海淀区西三环中路 10 号望海楼 E 座 7 层	
邮　　编	100142	
印　　刷	唐山楠萍印务有限公司	
版　　次	2020 年 1 月第 1 版	
印　　次	2020 年 1 月第 1 次印刷	
开　　本	710 毫米 × 1000 毫米　　1/16	
印　　张	13	
字　　数	200 千字	
书　　号	ISBN 978-7-5139-2761-1	
定　　价	49.80 元	

注：如有印、装质量问题，请与出版社联系。

散文创作需要本真的智慧

王宗仁

  我向来喜欢读乡土亲情题材的散文，这肯定与黄土高原上那间泥瓦压顶的小屋，伴我长到十八岁才离开它有很大的渊源。高丽君的这本散文多是写她的故乡和故乡的人，我读得很有情趣。她的散文基本上不外乎抒情散文和叙事散文，更多的时候她把叙事和抒情融为一炉。通过直接抒发自己的真情来反映社会生活，通过一定的意境向读者倾吐自己的内心世界。许多久居城市的人，发誓要做"城里的乡下人"，说这话的人不管他们有没有在庄稼院里生活过的经历，说明故乡已经成为人们对抗城市文明负面影响的精神堡垒。

  我读高丽君的散文，发现有一个很突出的特点，她总是以故乡的人物为支撑点，来表达她的深情回望和美好向往。她写的人物不是很多，发生在他们身上的事情也很平凡，但是都蕴射着真实、真情，是作者灵魂深处的渴望。这就应了那句话：大不见得好，多不一定妙。

  她在《丙申年事》一文中是这样别出心裁地写劳动致富的堂弟："他

本来身体单薄，几年不见，越发瘦弱矮小，头发也花了，才三十多岁已显出老相。他是我们家（至亲）里唯一留在农村的，好在有几百平方的楼房，有自己的装修公司，连带各种装修材料，日子算得上热腾腾。小俩口老实能干吃苦耐劳，不玩赌不乱来守得住。"堂弟发家致富的因果用直朴的文字写得一清二楚，拼搏实干换来的家业兴旺。他的相貌虽然有些瘦弱，但是他的人生饱满，日子过得热腾腾。幸福总是各种各样的，谁能说堂弟不幸福呢！

如果说堂弟的人生是饱满的话，那么那个被外甥骗去了棺材养老钱的舅舅的人生则是"毁灭"。读《丙申年事》里的《高利贷》这一节我们得知，舅舅是一位品质厚道的"老实人勤快人细致人"，他闲不住，心灵手巧，"总是手拿一个短柄铁锹，从早到晚泡在自留地里。回家时，顺路拐到某家，替乡亲收拾灯泡换上电线，或者将不能动弹的电器收拾好。"那天，他正好替邻村拾掇好了手扶拖拉机，人家端来一碗羊羔肉拿来一个油饼奖励他。他感动得热泪盈眶，舍不得吃。这时广播里正好播送林彪摔死在温都尔汗，他气愤地说："这个反革命，毛主席天天给他吃油饼下羊羔肉，他还反主席。"多么朴实、可敬可爱的农民！自己舍不得吃羊肉油饼就联想到毛主席天天给林彪吃羊肉油饼。作者的这个细节抓得多精妙！舅舅一辈子没穿过一件一百元以上的衣服，当亲亲的外甥要给他存款，承诺几年就给他40万元时，他信了，上当了。就这样他半辈子节省下来的养老钱财，"被无比信任的外甥以画饼的方式骗去"。40万元，这个天文数字对他"只是一个羞愧的见证"。他受不了这样的打击，活活气死了。

我在思考高丽君创作这篇散文，要给我们传递什么意境呢？

我喜欢这篇散文的立意，它颠覆了人们长期形成的一些固有的理念。

我们常常说，老实人不吃亏，又说吃亏是福。可是具体到像舅舅这样的老实人身上，他们实在难以承受"吃亏是福"这种打击，这样的打击可以致他们于死地。舅舅是被外甥用金钱打死的，善良的舅舅与罪恶同归于尽。作者在写作中很敏锐地捕捉到了人性的善与恶这个主线，它所展示的人性的泯灭或者比罪恶更残忍！他的受害与是否老实无关。

像这本散文中的其他作品一样，《一些名字及其他》里的《公公》一节，篇幅照例很短，甚至比其中的一些短文还短，往大处说1500字。可是那位公公的形象和境遇被作者写得意味深长，读后在我心中荡起的波澜久久无法平静。这位"像干瘪缩水的苦瓜，褶皱里都是沧桑"的老人，自然是作者的公公了，可是他似乎又不是一个公公，在他的身上折射着那个年代以至当下，为数不少人的遭遇和这种遭遇带来的畸形人性。所以，他是乡村一伙人、一代人的化身。这个叫贾茂才的老人，是莫名其妙地当上了保长，又糊里糊涂地成了"四类分子"，于是受批判挨斗便成了躲不过的灾祸。他一路逃离，辗转到"三面环河背面靠山"的地方落了户。但是他继续挨批，好处是可以喂牲口，用那个"曾经煮过死娃娃的锅"炒些豆子，给儿子吃。"他看着儿子吃，吃吧吃吧，人都要饿死了，还在乎那个。"他继续天天挨批。"据说批斗的牌子歪斜了，他也拿回家用钉子修补端正，写错的名字也要描画地工工整整。""老了的他，性情大变，固执偏执，认老理儿，常用自己的是非观教训晚辈：嫌谁没人记得给老坟烧纸，嫌谁家后辈失了礼教，唠叨谁家大人没家法。最令他生气的是，后辈们取名已完全不按家谱传宗，各自为政，想叫啥名就叫啥名，为此他耿耿于怀，嚷过来嚷过去，甚至还开过家庭会议大发脾气，总之和时代格格不入了。"他就是这么一个老人，看似异类，却很本真。写出故乡人的本真，首先写作人要有本真的智慧。

高丽君的文风朴实，简凝，她淡然地叙述波澜不惊，不惊之下却是奔逐的情感和跳荡的感动。可以读出，她的心沉浸于回忆故乡的激情中，她对人性的观察力已达到一个新的境地。她的散文试图对故乡人面临的诸多现代困惑加以剖解，对当代人遇到的新的问题进行反思。这些看似奇特实则随手拈来的描写是生活积累的结果，也是艺术积累的必然，让我想起了爱迪生的话："天才就是1%的灵感加上99%的汗水，但是1%的灵感是最重要的，甚至比那99%的汗水都要重要。"

这话太需要我们领悟了。

目　录

第一辑　曾经的曾

纸上纸下说年事

要过年了，妹妹说，写点小时候过年的事给娃娃们看吧，因为他们的年只有电视和手机，真没意思。好。那我就写些旧事，以飨年欢。

跑趟子

到腊月，我妈瞬间就变为陀螺，在院里抢过来转过去，自己忙得身不沾炕，所有娃娃都得跟着跑。我爸负责往家带东西，将各种生的熟的都滚了回来；奶奶外婆也不得闲，名义上是接她们过来浪，坐在炕上不动弹，其实手里活计不断，拆洗棉衣、做鞋子、补袜子、缝被子、拆褥子等，都是坐着完成的。

大人们忙得脚炒菜，恨不得多长几只手干活。娃娃们大的看着小的，小的看躺着的，吵吵嚷嚷。猫吃饱了，会选择最暖和的地方呼呼睡觉，醒来就知道抱个爪子洗脸。黄狗在脚下绕过来绕过去，人越多它越挡路，人烦了踢一脚，它委屈地叫上几声跑远了，一会儿又回到脚下继续绕。母鸡永远闲不住，用尖嘴在院里院外刨土，低头咕咕，仿佛冬天的土里也有虫子似的。公鸡呢？肥大健硕，羽毛油亮，高昂头颅，闲庭信步；它的任务除了看管自己的家属们，外加和黄狗打架。大猪扯了长声在圈里嚎叫，它只记着吃吃吃，好像不知道自己才是过年的主角一样；小猪吃了叫没有吃还叫，似乎从来没吃饱过。

我们这些孩子呢？在以老妈为核心的家长统一领导管理下，性格年龄力气不同，分配的活计各有领域、各有所长、各有范畴，所以交集很少，基本上互不干涉，鲜有矛盾。即使偶尔心有不满，但人人都忙着，很快就自我化解了。大家手脚麻利地干，希望很快完成任务，就可以出去玩了。

但是，每天一睁眼，需要干的活都排兵布阵地等着，大到扫房喂猪，小到洗脚剪指甲，反正没一天是闲的。担水烧锅、砸炭煨炕这些粗活，周而复始，日日继续，没多大惊喜，人人不想干。蒸花馍馍炸油饼、做馓子搓麻花这些细活，具有较高技术含量，每个人都跃跃欲试。可我们没技术没经验，不能随便上手，只能作为辅助劳力，打个下手罢了。

而我妈如女王，气定神闲地在她的王国里指挥调度，从天明至夜晚，无论大臣还是子民，人人手上的活不断，忙得跑趟子。

打糨子

我妈和来帮忙的姨妈婶子们在灶房里忙活时，打糨子的任务就是奶奶的。

糨子是胶水的前身，一般用白面和水做成，也可拿糯米熬制，是用来粘东西的东西。好的糨子不但细白匀称，不能有面疙瘩，而且稀稠正好黏度很强。这是个有窍道（窍门）的活，面太多了会干硬，抹到墙上不沾；水多了会太稀，也会粘不住纸，所以，打糨子一般是经验十足的老人干的活。

要糨子干啥呢？

首先是糊窗子。那时候，家家都是木格窗。到了年关，讲究的人家一定要撕下破旧脏的窗纸，清洗干净窗格，换上崭新干净的窗户纸，还要贴上各种窗花，表示喜庆吉祥。其次是要贴对联贴墙围糊顶棚。最主要的还是做鞋。女人们会把十几层旧布粘在一起，晾干纳成鞋底，用新布做成鞋面，合在一起，才能成为一双新鞋。因此糨子的作用是大大的，是辞旧迎新时必不可少的用物。

天寒地冻时，火炉总是红彤彤。奶奶挪下炕，坐在炉边开始打糨子。她先在铁勺里放点白面，再倒上一些水，拿筷子搅拌均匀，伸到火炉里。铁勺热了起来，底部很快就涨起一些白泡，扑哧扑哧响，破了的瘪下去，接着又有白泡大了起来。奶奶拿起筷子，顺着一个方向慢慢搅，越搅越快，一疙瘩白乎乎的东西迅速凝成一大块。冷却之后，糨子就算完成了。有时怕猫儿狗儿吃掉，就需要放在屋外冻硬，急用时拿进屋，消消冰渣再用。

当然，大户人家，这点糨子是不够的，需要用大锅做。奶奶会做一瓷盆，随用随取。糊墙围贴对联更是个技术活，先要拿排刷蘸着糨子，均匀地涂抹在纸张背面，然后才能贴在墙上，用笤帚扫平整。纸张就牢牢实实地贴在墙面上，任谁也撕扯不下来。

糨子的用途很广，因其作用和制作方法，被人们大量引用在生活中，所以关于它的俗语就很多，渐渐演变成一个符号，略带贬义。比如说谁思维不清晰，做事没条理，就说那是一锅糨子；说谁谁脑子里有糨子，就是骂人糊涂不通常理。还有拿糨子做谚语的，如脑门上抹糨子——糊涂到底了。米汤洗脚糨子搽脸——糊涂一生。最有趣的就是猫儿吃糨子——只在嘴上挖抓了。现在我常常用这句话说女儿馋猫时的样子。

奶奶说跑土匪过队伍（战乱）那会儿，家里穷得连打糨子的白面都没有，过年只好不贴对联。现在社会好得很呀，啥都有，再也不用打糨子了。

临近年关，提起糨子，自然就想起她。不知在那边，此刻，她忙忙碌碌地干啥呢？

炕围子

有了糨子，糊了窗子，接下来的活便是糊炕围了。

西北农村，家家有土炕，有炕就有炕围。那时候家家比较穷，黄泥墙简陋难看，显得家里很寒酸，还会弄脏衣服被褥。为了美观大方，过年时，家家会想方设法装饰家，没有钱怎么办？人们就想出些办法来，要么给墙面上贴上一层报纸，要么就贴上有图案的纸张，俗称炕围子。

炕围子相当于早期壁纸，高度约二到三尺，属于最简单的装潢。一般以大红大绿为主，色彩明丽，图案繁杂，俗艳透出对生活浓浓的热爱和对美好的憧憬，随着生活水平的提高，渐渐成为一种美与富的呈现。

有的人家，年年换花色；有的人家，几年换一次；而且有讲究。正房图案一般都朴素大方，简洁明快。我家上房的炕围子就是淡蓝色，图案是竖状排列的大小菱形，虽有点单调，但和正中央挂着的中堂、四面墙上的字画相配，既庄重大方又不失古典雅致。

其他房间的炕围子就不一样了，我见过画着飞禽走兽、花鸟鱼虫、亭台楼阁、山水湖泊的，也有鹿鹤同春、丹凤朝阳、松鹤延年、山水花鸟以及古代名人故事的，内容丰富，风格迥异，雅俗相间，美不可言。

糊炕围子是个技术活，需要几个人通力合作才能完成，外婆心细，带领我干得多些。房子清扫完毕，屋里焕然一新，土炕四周的墙面也被打扫得干干净净，我们做好了准备工作。只见她将崭新的炕围纸反铺在炕桌上，提起排刷，蘸满浓稠的糨子，一行行小心地刷过去，然后轻轻揭下来提到炕边，左右端详几次，接着捏住上方两段，让我和妹妹分别用指头摁住；又跪着退后几步，看看高低，才拿起小笤帚，一点点扫过去。先横扫再竖扫，那炕围纸便紧紧贴在墙上了；那些花鸟草木扭搭了几下，熨熨帖帖安安稳稳地归"家"了。

一张张炕围子糊满后，屋里的气氛马上不一样了。她边指挥我们将羊毛毡海绵垫、褥子床单一层层铺好边给我们讲道理。比如说女娃娃要学乖些，"娃娃勤，爱死人。娃娃懒，狼叼狗瞪没人管"；还笑着说，"等你们长大了，结婚时可是要贴莲花和鱼的炕围"。我们一群女孩子羞红了脸，但人人都记在了心底。

长大后，我才知道炕围子的来历，与一个父亲的殷殷深情有关。

傅山，山西阳曲人，清初思想家、书画家，以高尚的人格和深博的学问被人拥戴，世称"傅青主"。明亡后，他与黄宗羲、顾炎武等一起反清复明，遭到迫害，家人离散，其女逃至塞外。他辗转前去看望，亲人相见，分外恓惶。时值冬季，塞外荒寒，怎样才能减轻爱女思家之苦？怎样才能表达出自己的舐犊之情，他思来想去，遂提笔在女儿住所的三面炕边，绘上了家乡的山川风貌、珍禽百花……

炕围子原来不仅仅是人们爱美之情的自然流露，也是父慈子孝、忠孝节义等信念的寄托，更是一种潜移默化的文化元素。而那些炕边文化，既是启蒙教育的一种，也是朴素的文化积淀与传承。多少乡村小孩，就是通过老人们口中的"古今"，炕头的炕围子，受到了真善美的影响呢。

后来，大约是嫌年年替换麻烦，家家都不贴炕围子，改用各种色彩浓艳的油漆涂抹。我家也是，上房是蓝绿色配上大红边，偏房是土黄色配紫色边，虽然过年时少了一个活计，但总觉得缺了点什么。

吊顶棚

炕的四周收拾干净了，可屋子上方还空荡荡。西北地区，一年四季都黄风土雾，加之长年累月的烟熏火燎，橼子檩条苇子都脏乱不堪，灰尘悬成了细线，长长短短垂下来，怎么办呢？

有办法！人们先用竹竿或苇子按照屋顶大小扎个框架，和檩条绑在一起，然后在上面蒙上纸张布匹，名曰顶棚，目的是保暖美观，也就是现在装修时吊顶的雏形。

给顶棚上糊纸张不叫糊，而叫吊，是因为有一定危险性的缘故吧，这种活一般都请有力气的男人来完成。他们往往两三人一组，吃饱喝足后才开始工作。只见一个匠师飞快地给报纸上刷满糨糊，递给站在高高木椅上的另一人。那人接过报纸慢慢直起身，抬手摁住边沿，对面的人用手慢慢捋，底下的那人忙用大扫帚迅速扫过去，顶棚便紧紧糊在竹架上了。有时，上面的人故意摇晃，椅子颤颤巍巍，惹得大人小孩都惊呼连连。也有一个人就能完成所有工序的巧匠，他会先站在木梯上，昂头仰脖看个大概，然后跳下来，刷糨糊提纸张贴在准确位置，然后拿着大扫帚，站在地上一顿横扫，干净利落，一气呵成。

顶棚最开始用白纸白布糊，后来就改为报纸了。那时的报纸，通常红色居多，糊在屋顶，色彩艳丽整齐有致，仿佛给屋子穿了新衣。

吊了顶棚接着糊墙。这活倒好干，用一张张报纸把墙面贴满便是。

夜晚，昏黄灯光下，忙活了一天的娃娃们经常站在炕上，认认真真读墙面上的文字，也知晓了不少的国家大事，长了不少知识。有些字不认识，就连猜带蒙；有些新闻，早都成了旧闻，但我们乐此不疲。父亲凡事追求完美，在炕中央还贴了从《人民画报》上剪下来的彩板画。天安门城楼，高俊巍峨；五星红旗，迎风飘扬；还有一个笔直敬礼的小朋友，白衬衣一尘不染，红领巾鲜艳无比。我们是多么羡慕啊，心中满是对首都的向往。

　　一到下雨天风雪天，我便爬在墙上，边看边给弟弟妹妹教识字。一次，正看《毛泽东主席会见西哈努克亲王并亲切交谈》时，妹妹好奇地问西哈努克亲王是谁？我不知道就胡编乱造，这人姓西，名字叫哈努尔。恰好邻居家的回族孩子经名也叫哈努儿，是妹妹平日里的好玩伴。不知为啥两人闹了矛盾，妹妹就故意气他，我家墙面上有人和你是一个名字，你以后要是丢了咋办，你妈一喊名字那人就到你家了。那个孩子慌慌张张跑到我家，爬在墙上看了看，大哭着走了（其实他根本不识字）。我妈听说后大笑不止，说我是个撒谎先生。我羞愧极了，以后再也不敢不懂装懂了。

　　顶棚用报纸糊了几年，就和炕围子一样，换上了好看的花纹纸。再后来，顶棚纸变成了一种薄薄的金银条，一条条编织起来，屋里顿时金光灿灿。家里换上金色顶棚时，我一下子想起了"蓬荜生辉"这个词。人们对金钱的崇拜渗透到生活的各个方面，可我还是怀念那糊着报纸的顶棚；缺少了文字的气息，家的味道似乎也变了很多。

挂中堂

　　"中堂"一词，原指对称式结构房屋正中的那一间，而我说的则是挂在主房正中的字画，也称作"堂幅"。

　　父亲说过，走进任何一户人家，只要看看正屋挂着的中堂，就能大致了解这家人的性格爱好和文化素养。

　　打记事起，镇上有老人的人家中堂一般都是松鹤寿星图。画面上，一个白胡子光额头秃顶的老人，拄着拐杖，满脸慈祥地站在古松下。几个穿花兜肚、扎小辫的胖小子，手捧着大桃，笑嘻嘻围在他身边。不远处，细长腿的仙鹤凝神静听，还有梅花鹿低头吃草。两边的对联会是：

福如东海长流水，寿比南山不老松。

我一直以为那老人是彭祖，就是传说中活了八百岁的人，后来才知他叫南极仙翁，是元始天尊座下大弟子，因主寿而为"寿星"。松树呢？《诗经·小雅·斯干》中有"秩秩斯干，幽幽南山。如竹苞矣，如松茂矣"之句，是因为经冬不凋，被用来祝喻长生。鹤是丹顶鹤，《诗经》中说"鹤鸣于九霄，声闻于天"，鸣叫声高亢响亮，被人们看成神鸟，也是高洁清雅的象征。初中时学鲁迅先生的《百草园到三味书屋》，对那句"肥大的梅花鹿伏在古树下"百思不解。上大学后查资料，才知自唐起举子登第就可参加皇家举办的"鹿鸣宴"。鹿禄谐音，寓含着对后辈儿孙科举及第的期望。这幅中堂里，福禄寿昌皆有，是一个家族最最美好的憧憬。

而没老人的家里，大多是毛主席像。我家最早挂的是《毛主席在安源》。年轻的主席高大俊朗，头发浓黑，手持红伞，精神抖擞地走在红土地上。后来就换成了主席站在天安门城楼上的侧影，高大威严，精神奕奕，在挥手示意。城楼下看不见人，只见红旗飘飘，如同海洋。

我父亲说中堂是非常有讲究的，不能随便乱挂。改革开放后，大多数人家挂的是山水画。再后来，就是字画了。

中堂内容也是心愿的呈现，如观音石榴、松鹤寿寓意子孙兴旺；雄鸡报晓、蜂猴暗含求官高升；魁星、花鸟鱼希冀求学成功；关公弥勒、刘海戏金蟾预示财源茂盛；牡丹象征富贵，竹子象征节高，葫芦谐音福禄，奔马象征成功等。其他如办公室里挂着的"天道酬勤""上善若水""难得糊涂""清廉正气"，都含有警戒劝勉之意。

去年，我在乡下，看到一家挂着的中堂为《老来难》，是印刷体。除了挂杖老人弯腰弓背的剪影外，还有一首相传为杜牧老年所做的诗。"老来难，老来难，少年莫把老人嫌。当初只嫌别人老，如今轮到我头前"……语言通俗，朗朗上口，道尽了老年人的无奈无助和心酸苦痛；也奉劝后人要孝敬尊重老人。如今，偌大的乡村，剩下全是留守老人。

这中堂就是他们最真实的心声吧。

一幅幅中堂，其实就是一幅幅世风图，也是时代变迁最好的佐证。

请门神

我妈把买门神绝对不叫买，总是虔诚备至地说，我给咱请个门神回来。

门神被"请"回来后，先是被小心翼翼地放在高处，等到用的时候再裱糊，总之很虔诚。

她谆谆教导道，门神是家神，是最忠实的守护神。只要有他们在，孤魂野鬼就不敢进家门。

在孩子们眼里，门神不单单是两张纸上画着的两个横眉竖眼的人，而是另外一个世界。平日里好好的木门，只要贴上门神，便觉得像个庙宇，气氛马上怪异庄重起来。

有段时间，我们对神仙鬼怪故事非常感兴趣，每天四处搜索，然后把乱七八糟的灵异故事串连起来分享。至今犹记一群孩子在炕沿边围成一圈，听姐姐讲鬼故事：吊死鬼打扮地漂漂亮亮，手拿个金圆圈，狐媚地诱惑着，你伸头进去看一下嘛，只看一下，据说那里面山清云白，流水潺潺，飞鸟翔空，黄金遍地。但是，只要你把头伸进去，就上了当。那鬼马上长发四散，眼睛血红，舌头吐出半尺，把绳子一下子套在你脖子上大叫，我终于找到替身了！我们边听边发抖，一点点挪到炕角，手拉手抱成一团。

女儿五年级时，白天不敢睡觉，晚上梦里常呼喊乱叫，原来是偷看了灵异鬼怪小说、惊悚恐怖影片的缘故，我才明白，大约在成长过程中，人人都会有这样的阶段。

尽管越听越"毛里鬼窜"（害怕），夜里连上厕所都不敢出去，但每个娃娃仍坚持不懈且乐此不疲。漆黑的冬夜，姐妹几个在外闲逛回来，满脑子都是神仙鬼怪，摸着大门上方的铁锁使劲敲门。在等大人开门的几分钟内，似乎看见两个黑乎乎的门神走下来，一群小鬼跟在旁边，发根倒竖，浑身冰冷，小心脏噗噗跳。奶奶常说，这些娃娃鬼拔毛呢。

我还是觉得门神比鬼怪可怕。恶鬼无论怎么样，脑海中没有具体形象，可门神怒目圆睁相貌狰狞，似乎随时准备同鬼魅战斗一样。最简单的问题是，他们把捉来的野鬼绑在哪里呢？还不是直接缚在大门边！这样一想，我就越发害怕。每次贴门神，就不敢刷糨子扶门框，任凭我妈喊破嗓子也不管。

稍大些，父亲在县图书馆办了借书证，我也借了很多书回来，其中就有白话文的《山海经》。原来沧海上有座度朔山，山上有棵桃树，枝干的东北方向叫鬼门，是众鬼的出入地。有两位神人叫做神荼、郁垒，一见到恶鬼就用苇索绑起来喂老虎，后来人们便用桃木刻了这两个人形状放在门边，用来吓唬恶鬼，这就是门神的来历。

还有个通俗的版本说是唐太宗杀死了哥哥弟弟，内心胆怯，一次生病听见门外有鬼魅呼号，彻夜不得安宁，于是让秦叔宝和尉迟恭两位将军手持武器立于门旁镇守，第二天夜里安然无事。他便吩咐将二人画下来贴在门上，以求睡个安稳觉。上行下效，这方法在民间广为流传，后来逐渐成为人们祈求福寿康宁的传统习俗了。

我不喜欢门神还有一个原因。大我几岁的小姨，多年来一直在我家，给妈妈做伴帮我们干活，是家里必不可少的一份子。她非常漂亮，勤快温柔，深得我们喜爱（我在一篇文章中写过），后来却因病去世了。很长一段时间内，我郁郁寡欢，不能忘怀，既然门神会阻挡孤魂，那么小姨自然也不能走进任何亲人的家。这么漆黑漫长的的夜，有家的都在红红火火过年，她又会飘荡到哪里去呢？

大年三十，我妈也会带着我去给小姨烧纸钱。黑漆漆的十字路口，火苗呼呼，顺风斜卷。我希望她有很多钱，也能换上新衣服过年。年在我的心里，埋下了一颗忧伤的种子。

贴年画

贴年画是件高兴的事。

关于年画，我国有三个重要产地：苏州桃花坞、天津杨柳青和山东潍坊。这三大流派，形式多样，各具特色。据说，目前收藏最早年画是南宋《随朝窈窕呈倾国之芳容》木刻，内容是王昭君、赵飞燕、班姬和绿珠四个美人。民间流传最广的一幅年画叫《老鼠娶亲》，但我没见过。到了民国初年，上海人郑曼陀将月历和年画结合起来发展成挂历，也曾风靡全国。

在我家，年画总以集团军形式出现，也就是说，除了中堂，会在墙上贴一组，而且左边几张右边必几张。大俗也是大雅。从记事起，我家里的年画就是"童颜佛身，戏姿武架"的胖娃娃，有的手拿莲花，骑着大鱼；有时是一群孩子抱着石榴葡萄玩，色彩热烈，寓意吉祥。那些画面和中堂、炕围子相映成趣，相得益彰，成为一种组合式的文化艺术。

后来就换成了样板戏剧照，一排排贴在墙上，煞是威武。油光锃亮，滑腻泛光，我还记得《红灯记》剧照。李铁梅高举闪闪发亮的红灯，红棉袄上缀着白花，一根油油的大辫子斜靠胸前，大眼睛浓眉毛，满脸愤怒地盯着一旁坐在地上的汉奸。李奶奶白发苍苍，低腰皱眉，义愤填膺的诉说；李玉和手戴铁镣遥望东方，几个伪军贼兮兮地看着他。坏人们贼头鼠脑，形象猥琐。我弟弟拿红蓝铅笔给所有坏人画上胡子涂红脸蛋，把眼睛抹成黑乎乎一片，上面还歪歪扭扭写着"大坏蛋"。

《智取威虎山》剧照也有一组。一幅上，阴云密布，天舞雪花，杨子荣肩披白斗蓬，红色帽徽，红色领章，左手挥向前方，目光炯炯，一脸英气。还有一幅，他身穿虎皮手握"先遣图"，昂首屹立，正和座山雕说话，八大金刚挤眉弄眼，奇丑无比。

再后来就换成刘晓庆张瑜了，好像还有沉默如石的高仓健，反正都是电影明星。我外婆说，看人家生得多排场，我第一次知道排场就是好看之意。其时，我们正尽力巴结表哥表姐们，以便跟着他们跑十多里路去看场露天电影。今晚哪村有"白跑游击队"，今晚哪里又上演了一场"地道战"（男孩子打着玩），听他们互相戏谑逗趣，成为生活中主要的内容。

再后来就是把挂历拆开墙贴。我奶奶最"见不得"（看不上）巩俐和大阳摩托的一组广告画。她气哼哼地说，这女人大腿都在外面呢，谁要去做媳妇，把老婆婆直接就气死了。我们笑得前仰后合，说人家是世界公认的美人，这叫性感。

后来还贴过山水鱼虫，都是印刷品；再后来就是装裱好的字画。我结婚时，父亲单位送来了一个高山流水的匾额，还镶嵌着金边。

如今，楼房里已没人贴年画了，都嫌俗。也有人挂书法字画，以示雅趣。

相架子

电脑手机数码相机普及的今天，拍照成为随手可及之事。人们看见一切感兴趣的东西，都会拍照留念，甚至吃顿火锅，也会发了个图，叫做晒。那时候，不管农村城市，家家都会有一个相框，里面贴着一家人的照片，挂在墙上。其实也是展示，略带炫耀。

相框也叫相架子，是家里的摆设之一。一般由木头制成，长方形。底框为木板，压上白纸，把家人的单身合影用胶水整整齐齐粘成几排，装上玻璃，悬挂在中堂两边，年年添加，也是展示家庭实力的一种直观方式。别看相片就那么几张，但意义非凡。到别人家做客，院里转转可看清主人勤快与否。进了屋，就会看相框。讲究的家庭，从老到小，从男到女；从孩子出生到长大成人，一个相框里装得下全家人的成长历史。

我家的相框，有爷爷奶奶年轻时的照片，也有父母各自的单照，还有我们一家人的合影。

爷爷和印象中一样，瘦弱精干，坐在凳子边，满脸严肃，不怒自威。奶奶呢？满脸慈祥地看着镜头。一身玄色衣裤，头戴黑色扁帽，大襟上衣纽扣边还挂着一只白口罩，那是当年最时髦的一种装束吧。

父亲年轻时很帅气，一身军服，挺拔俊朗，站在卡车边犹如一棵小白杨。母亲的单身照明明黑白的，却拿水彩染了两个红脸蛋，看起来既好看又奇怪。接下来就是我们从小到大的合影了。孩子从一个到两个，再到三个四个五个，一直到弟弟周岁，全家福才算完成。

去年回老家，见山西伯伯家的窑洞里，也有一个大相框。大奶奶照片（模糊不清），二奶奶的照片，我奶奶的照片，并排站在一起，三个女人守着一个爷爷，在相框里和平相处，真觉得很梦幻。真得感谢这些照片，还能留存一些前辈的体貌，让后辈知晓他们的模样。

除了相框，还有玻璃板。家家木桌上有块玻璃，下面压着家人的各种照片。来人便指给客人看，这是老大，那是老三；这是西湖山水，那是青岛海边。一个个面带羞涩的年轻人，拘谨地"晒"幸福。按我奶奶的说法，谁谁谁家娃娃把世事游了，那才是对有本事的最高评价。只是相框中的人，不管大人娃娃女人男人，一律正襟危坐（站），紧张羞涩，拘谨呆板，很少见笑容可掬面色坦然的。

"春天的花开，秋天的风以及冬天的落阳，忧郁的青春年少的我，曾经无知的这么想；风车在四季轮回的歌里，它天天地流转，风花雪月的诗句里，我在年年的成长"，罗大佑在《光阴的故事》里，怀念着从前里的自己。是啊，每个人照片里的青春，都到哪儿去了呢？

贴窗花

一到腊月，除了白天忙忙碌碌，夜里谁都不得闲，满屋的女人娃娃，各有各的事。大房炕上一般是老妈和前来闲聊的大人聚会之地，另个一房间才是孩子们的天堂。

白天土匪一样不着家、浑身土蛋蛋、说上不听骂上不管的弟弟妹妹，此时横七竖八地躺在炕上睡着了。红扑扑的脸蛋，看起来乖巧可爱极了。帮他们脱了衣服，把他们拽成一排盖上被子，再把衣服拿出去拍打干净摆放整齐后，我们便开始剪窗花。

薄薄的、用宣纸做成的窗花样夹在厚书里，大家各按所需，轻轻取了出来。先要把各种色彩的油纸累加在一起，剪成大方块，接着把窗花样子放在上面做摹本；再用点燃的卫生香慢慢摁上去，那厚厚的一沓纸上就灼烧出几个圆圆的小洞，然后用宣纸搓好的纸捻子一一穿过去，窗花的大致模型就固定好了。

剪窗花是个技巧活，也是个细活慢活。同样的花色花样，有的人剪出来活灵活现，有的人剪出来就不敢细看。我外婆剪出来的花鸟，粗朴中藏着灵秀，稚拙中蕴藏着聪颖，好看极了。尤其是喜鹊，随时有展翅飞去的气势。我从简单的干枝梅学起，第一剪子下去，就把细枝全剪断了，连气带羞，丢了剪刀，一会儿，见大家说说笑笑无人理睬，只好爬起来，重新剪。

关于窗花来历，也有几说。一说是尧在位时有鸟叫"重明"，翅大威猛，连那些凶禽猛兽妖魔鬼怪都不敢来危害百姓，被认为是吉祥神鸟，深得百姓喜爱，后来家家户户刻画了它的样子，贴在窗上驱除妖魔。一说是汉武帝的宠妃李氏去世后，他思念不已，于是请术士用麻纸剪了影象为其招魂，这大概是最早的剪纸雏形。唐宋时期，流行"镂金作胜"风俗，李商隐的"镂金作胜传荆俗，剪绿为人起晋风"便是佐证。到了清代，陈云伯在《画林新咏》里说，"剪画，南宋时有人能于袖中剪字，与古人名迹无异。近年扬州包钧最工此，尤之山水、人物、花鸟、草虫，无不入妙"，可见其历史悠久，源远流长。

我家的窗花主要由我和大妹剪。一幅小窗花，有时一晚上可完成，有时则需要几天，慢工出细活。无论怎样，身兼美化家庭的重任，我们好不得意。记得父亲带回两把小剪刀，一金一银，精致极了。我选择了银色，爱不释手，天天揣在口袋里。可是有晚剪着剪着，剪头上最锋利的那块断了，我失落了很久，每次见妹妹剪窗花，就想起自己的那把小剪刀来。

剪窗花是个技术活，贴窗花更是个巧妙活呢。

轻薄小巧的窗花，能被端端正正地贴在窗格中，也有窍门。得先把窗花翻过来放在手掌中，用筷头蘸一点点糨子，顺着纹理细细涂均匀，然后看准窗框，用手指轻轻一点，再吹几口气，慢慢抚平。有囊（不灵巧）女子，会把自己的手、床单、窗格上雪白的纸染成"大花脸"，而贴上去的窗花，色彩被晕染了，七扭八歪的，一点也不好看。

最难的是贴大窗边，就是用红纸剪出的四个大大的窗边花。这个剪起来很麻烦，因为细线造型，花色繁复，但剪出来舒密有致，镂空玲珑，非常漂亮。贴起来当然更麻烦，既不能影响室内采光，还要平展美观。

外婆可不怕，她用糨子细细涂抹好每根线条，边贴边说，要轻轻提起，先摁住两方，看准瞅稳，然后沿着窗框慢慢捋平，一旦贴上去就没揭下来的机会了。她还说，哪家的大窗花贴得好，哪家女子媳妇子才叫心灵手巧呢。

现在的孩子已很少见窗花，遑论剪窗花？再说，家家也没贴窗花的地方了。即使有机会见，也是机器加工的。据说有种模板，一打就几百片，想要什么颜色花色的都有。流水线上的工艺品尽管也好看，但毕竟没有精挑细选、手到心到、围坐一起慢慢剪慢慢说有趣。

很多古老的东西，都因缓慢的工艺不能迅速适应快节奏的时代，被逐渐淘汰。米兰·昆德拉在小说《慢》中，曾归结出一个"存在主义数学方程式"：慢的程度与记忆的强度成正比，快的程度与遗忘的强度成正比。是啊！能留存在我们记忆深处的东西，大抵都是在缓慢中定格的画面。

傲慢的光速时代，谁还愿意慢慢坐下来，用一晚上或几天的时间，去剪一张窗花呢？

敬灶神

和门神一样，灶神也是被"请"回来的。

灶神又称灶王爷，顾名思义是男人，但在我妈的说法中，她又是个女人。她说，只要灶火娘娘供起来，干活时不准心怀不满，不准和大人们顶嘴，不准偷懒奸猾……总之我们觉得这个神仙管得可真宽，家里大大小小的事都属于她的势力范围。

稍大查史书，关于灶神是男是女原来祖先们也吵了好一阵。最初的灶神是位女性，因为《庄子·达生》里说"灶有髻"，司马彪注云："髻，灶神，着赤衣，状如美女"，分明是个漂亮的红衣女郎。可后来道书又说昆仑山上有一个老母"种火老元君"，手下有五方五帝灶君专管人间住宅，女郎又变成了奶奶。不会是人们嫌年轻女子不够稳重，便用年长女人代替了吧？

但《淮南子》里又说"……炎帝于火，死而为灶"。高诱注曰："炎帝神农，以火德王天下，死托祀于灶神"。《周礼》云，"颛顼氏有子曰黎，为祝融，火神也，号赤帝，祀以为神"，这不，灶神又变成了男人。看来并非我妈糊涂，是历朝历代的人神化加人化，因此灶神就成了有男有女的神仙。

请来的灶神也是一张纸，装裱则是父亲的专职。他先在一大张白纸正中贴上灶神，接着用绿色的窄纸条，写上一幅对联：上天言好事，回宫降吉祥。横批：一家之主。还用黄色的符表做成两个飘带贴在两边。这样一装扮，灶神马上就飘逸威风，颇具神仙之范。

"男不拜月，女不祭灶"，腊月二十三，我妈将纸张贴在墙上，摆好香炉及各种祭献的东西，上香祭奠的仪式必须父亲来完成。他带着弟弟点燃三根香，弓腰插进装满白米的小碗里，又跪下来烧几张纸，奠酒完毕，站起作揖，整个过程恭恭敬敬虔诚备至。平日里猴样的弟弟，满脸庄重不苟言笑。我们站在一旁默默看，敬天地畏鬼神、头顶三尺有神灵的启蒙，自此扎下深根。

祭品呢？除了时鲜水果糖瓜，还有一小碗豆子。我妈引经据典，说灶神上天汇报来回须七日，得备好牲口的料。

自古到今，敬灶神的风俗目的很明确，都是希望灶王上天能多说些好话，回家多赐些吉祥。宋代有个诗人叫范成大，还写了首《祭灶词》，颇见人心所向：

古传腊月二十四，灶君朝天欲言事。
云车风马少留连，家有杯盘丰典祀。
猪首烂熟双鱼鲜，豆砂甘松粉饼圆。
男儿酌献女儿避，酹酒烧钱灶君喜。
婢子斗争君莫闻，猫狗触秽君莫嗔。
送君醉饱归天门，勺长勺短勿复云，
乞取利市归来分！

后来我还听到灶神的另一个版本。据《酉阳杂俎》记载：灶王爷姓张名单，貌如美女，娶妻丁香，十分孝顺公婆。他外出经商发了财，看上了另一个女子海棠，便回家休了丁香。前妻无奈改嫁了，她勤俭节约，日子过得蒸蒸日上，而海棠每天好吃懒做，失火烧光了家产，就丢下张单改嫁了。这个薄情郎只好四处讨饭，腊月廿三讨到前妻门口，被丁香认出后羞愧难当，一头钻进灶门里去了。玉帝念其是本家（都姓张），所以封他为灶王爷。我们听完后，气愤不已，一为玉帝腐败，二是这样的人偏能因祸得福成了神仙，来年进献吃食时，便有点不以为然。可我妈一点儿也不怠慢，一如既往地信奉这个"陈世美"。她说，不管谁咋说，我就信这。

时至今日，"西"风盛行，洋装飘飘，洋节连连，可是那些淳朴的传统习俗却濒临灭绝（消失）。只有我妈和她一样的人，只会用人老祖辈留下来的"迷信"方式，信奉并恪守着一些东西。他们，才是传统文化最忠实的守卫者！

贴对子

要过年了，剃头贴对子，那是家家必不可少的程序。

我妈常常边忙活边指挥我们搞个人卫生，"有钱没钱，剃个光头过年"。此语既是阿Q般的自嘲，也是一种自足安然的过年心态。

对子是对联的俗称，雅称楹联，南北朝开始，明时最盛，和门神传说同源，由"桃符"演变而来。估计是人们嫌画来画去的麻烦，就用诗句来替代了。我国最早的对联，一说是五代时（公元964年）孟昶在桃符板上题句，"新年纳余庆，嘉节号长春"；一说南朝梁时孝绰罢官不出，"闭门罢庆吊，高卧谢公卿"，是自题于家门的演变。

弘扬光大的人是明太祖朱元璋，据说他酷爱对联，逸事非常多。例如最初举事，雪天遇到朋友葛恩，就口说一联，"天寒地冻，水无一点不成冰"；葛恩以诘问试探，"国乱民愁，王不出头谁作主"？攻打姑苏时他又拆字出联，"天下口，天上口，志在吞吴"，刘伯温马上对"人中王，人边王，意图全任"。当然流传最广的是他微服私访，为阉猪匠挥毫写下"双手劈开生死路，一刀割断是非根"的传说。他还在除夕日传旨检查对联的推广普及工作，真不愧又"对联天子"之称。

　　每年腊月二十八九，我家就是对联的聚集地。一大早，就有人顶着寒风嘴叼香烟，胳臂肘里夹着沓红纸来我家里。不大一会，人陆陆续续增多。父亲坐在小凳上，倒好墨汁，泡醒毛笔，叠好红纸，铺在方桌上开始写对子了。内容也是老一套，家有老人的自然是"多福多寿多子孙，日富田资日康宁"。做生意人家则是"生意兴隆通四海，财源茂盛达三江"。读书人家呢？当然是"鸟欲高飞先振翅，人求上进多读书"了。

　　改革开放，万象更新，对联的内容也紧扣形势，特征鲜明。那时家里日子蒸蒸日上，拿我妈的话说就是气曩曩（红火之意）。父亲兴奋不已，提起笔，一会儿就写了很多，"同心兴大业，携手振中华""祖国山明水秀，中华人杰地灵"，时代感极强；而红灯牌的收音机里也在唱"再过二十年，我们来相会，伟大的祖国，该有多么美……"

　　关于对子还有个笑话。隔壁的大哥不识字，他家的对子年年是父亲写。某年傻傻的侄子拿回家的是"爆竹一声旧，春联万户新"，横批"一门五福"，但一会儿他返回来了，说，我妈嫌字少，能不能加几个字。父亲只好补写，"爆竹一声旧年去，春联万户新气来"，但他又折了回来，说还是嫌字少。没办法，父亲继续加，"爆竹一声旧年去了个远，春联万户新气来了个多"。有人经过他家，见了这幅春联，就问谁写的，父亲哭笑不得。

　　对子一般是大红纸，但也有绿黄色。家族里有人去世，一般过年不贴红色对联，而是第一年贴绿色，第二年贴黄色作为过渡，等三年纸一烧，才可以贴红色。

在我家，贴对子是最愁的事。父亲总是会顺便考考古文功底，让人说这个对联哪个在左哪个在右，或者问哪个是出（上联）哪个是入（下联）。平日里还知道一点，但他一问，我们就糊里糊涂左右不分，招来一顿训斥，所以每年只要贴对联，大孩子们跑得有远没近，只有没读书的小娃娃跟着刷刷糨糊看看高低递递笤帚。

写对子贴对子倒是其次，最惬意的是听人们闲聊。冬天，男人们除了聚在一起谝闲（闲聊），好像也没个啥事干。他们总是聚在一起谈古论今，说三道四，大到国家政策，小到柴米油盐。他们大多即使有凳子也蹲在地上，或蹲在炕沿边，甚至有人还蹲在椅子上边卷旱烟边议论谁家光阴（条件）好，谁家娶了媳妇出嫁了女儿，谁家的媳妇子稳重勤快是个过日子的，谁家的女婿一看就是个二杆子，话粗理正，诙谐幽默，一语中的。

一次，我端饭进去，听到五大三粗的姑爸正口沫飞溅，人的命咋说呢？毛老人家一辈子英明，打了江山坐了江山，但妻命不好，结果娶个妇人活（联络之意）上几个奸臣胡跳弹（没事找事）呢。那叫一个惊世骇俗。

不过那时家家日子大致相同，贫富差距也不大，所以人人高高兴兴乐乐呵呵。男人们尤其得意，过年嘛，就是妇人娃娃们的摊场（天下之意）。也是啊，娃娃满炕爬，喜气满屋蹿，真正的老婆孩子热炕头日子。他们白天四处浪够了，晚上躺在炕上"听儿娇嗔啼，看妇织机忙"，也是很幸福的。

提灯笼

"皮包骨，心火旺。白天睡，夜里忙"，一到过年，我妈就念叨这谜语，后来只要她一提，我们便不耐烦地说"灯笼灯笼"。

小时候，多么期盼过年呢。除了能穿上新衣服，吃上好吃的，男孩子有炮仗玩女孩子有红头绳外，还有个念想就是提灯笼。

三十下午，拉魂面（长长的面条）还没吃，隔壁的娃娃就穿上了新衣四处炫耀。父亲爱干净说吃饭会弄脏，放炮也会炸个洞，等初一早上新衣早变成脏衣了，可弟弟妹妹心里痒痒，就故意在我妈脚下绕。我妈哄劝出去耍吧，等吃了饭再换。他们就满脸旧社会，偏在地上转圈圈耍脾气，天都黑了，为啥还不让人穿新衣裳，谁谁谁家早都换上了。我妈就动摇了，背着父亲三下两下换好，没等叮嘱的话说完，他们就张着翅膀，一趟子飞了，身后跟着箭簇般撒欢的黄狗，但不大一会儿，一准儿哭丧着脸回来。新衣染成了土蛋，袖子炸了几个焦洞，纽扣也掉了一个，新鞋子脏兮兮，我妈拉在怀里边骂土匪边找针线缝补。父亲有些不高兴，但也不说啥。

第二年，他便早早讲开了条件，谁穿新衣服迟些谁就提灯笼早些。一物降一物，娃娃们再也不乱吵了，乖乖守在一旁，等着提灯笼。

其实，真正玩灯笼应该在元宵节，可是孩子们等不及，往往除夕夜就吵着嚷着玩，久而久之便成了习惯。在我印象中，那高高挂在屋檐上的大灯笼，尽管喜庆可也很神圣，属于不能亵玩一类的，只有碎仔仔（小娃娃）手里提着的灯笼，才是最好的玩物。

小灯笼是现做的。父亲从竹扫帚上取下几根细竹，用刀破成条，在火炉上烤到发软，然后弯成需要的模型。再用细麻线捆绑，用铁丝拧个底座做了提手，然后糊上白纸，我妈忙找出剩余的窗花贴上，放一小截蜡烛，一盏小巧玲珑的灯笼就做成了。

天色渐黑，门口几个提灯笼的孩子如猴子般尖叫。我们正吃饭，弟弟火急火燎，三两口扒拉完便撂下碗筷，催我妈给他点蜡烛。大家笑他屁股底下点了火，我妈找来火柴，不停地叮嘱着，小心别人家的柴垛，小心……弟弟耳朵里半个字也没听进去，哈腰提起灯笼，小心翼翼地出了门。一只小手伸出来圈着，生怕风吹灭了蜡烛。一群孩子欢呼迎接，评论谁家的灯笼好看，然后排成一队，跑远了，一盏盏灯笼犹如一个个萤火虫，映照着孩子对世界的期待和梦想。

不过，提灯笼也是个巧活，弟弟常在出门几分钟内，被小伙伴们簇拥了回来，手里提着个光秃秃的铁丝圈。怎么了？灯笼烧了。我们不敢大笑，都装作很悲痛。这时，小妹就会毫不犹豫拿出自己的给他。弟弟破涕为笑，全神贯注地提着又跑了。

关于灯笼的传说很多。有人说姜子牙封完神，却没给自己留个职位。大年三十众神归位，他没地方可去，非常可怜，老百姓就在高杆上点盏灯，让他在灯下蹲一夜。有人说很久以前，凶禽猛兽四处伤人，一个神鸟降落人间，却被人射杀了。天帝震怒，传旨天兵于正月十五到人间烧光一切。天帝之女心地善良（大凡和恶父有关的故事，几乎都有个好女儿，古今中外概莫能外），不忍百姓受难，就把消息告诉了人。人便想出正月十四十五十六三天点响爆竹燃放烟火的法子。正月十五晚，天帝看见人间一片红光，才悻悻作罢。

也有人说东汉明帝刘庄提倡佛教，佛教有正月十五僧人观佛舍利点灯敬佛做法，就命令在皇宫寺庙点灯敬佛，令士族庶民挂灯礼佛，后来形成民间盛大的节日。还有一种说法，是和读书有关。旧时私塾（古代的学校）开学时，家长会为子女准备一盏灯笼，由老师点亮，象征学子前途一片光明，称为"开灯"，所以提灯笼从此盛行。

不管怎么说，过年时，人们都喜欢用象征团圆的红灯笼，来营造一种"彩龙兆祥，民阜国强"的喜庆氛围。

故人旧事，莫不彰显出时人的真性情，纵然当时并非美妙，但给人带来的鼓舞却是真实的。如此对比，倒是现在的年很矛盾，热闹而寂寞，富有而贫乏。说热闹，只要有个智能手机，就是全部世界；说寂寞，人人都觉得年越来越没意思。吃穿不缺的时代，我们迷失的背离的，似乎又很贫穷。

世界像只巨大的灯笼，当人们头脑虚荣、贪慕华服豪屋等奢侈品而忽略了内心需求时，梭罗说，我们生活的甚至不如野人一样简约而有秩序。有些东西，是金钱永远无法替代的。

印纸钱

年三十下午，我妈早早就喊弟弟印纸。

这是个庄重又肃穆的活，一般由男人干。父亲忙着写对子扎灯笼，所以重任便担在弟弟肩上。

冬日，本是男孩们的天堂，只要不下雪，弟弟便整日在不远处的大场里，和一群娃娃打斗玩耍。他们手持向日葵杆比武（相当于击剑），你来我去，满头大汗，胜负全在一竿间。江湖扰扰诸事多，一日不定怎奈何？若要不服问我"剑"，从来英雄无自弱，当他被我妈长声短声唤回来后，满脸的不耐烦，但听说要印纸就马上认真起来，小小男子汉挺直了腰，俨然一副小主人模样。

我妈找出小碟，倒上几滴蓝墨水再加点清水，将一沓裁好的细长条白纸铺平放好，吩咐他开始工作。印纸钱的印版子（模具）还是爷爷雕刻的，长方形的小木板上，花纹清晰，还有冥国通用等字样。弟弟用刷子刷上稀释后的墨水，重重摁下去，白纸上便显现出一个和人民币差不多大的钱币。小人儿低着头，吸溜着鼻涕，一行一行地摁过去。我妈负责把一大堆纸钱分开来，这是爷爷奶奶的，那是外公小姨的，还有给野鬼们的散钱。

这活貌似简单，但干多了也发愁。弟弟印了好长时间，看看纸再看看印版，眉头就挽成了个疙瘩，加之门口口哨声连连，那是伙伴集合的暗号。我妈见他伺机逃跑，忙许各种愿，在她心中，只有儿子才能干这活。父亲却说，烧纸嘛，不过是个音讯。儿女孙辈都能印，谁规定了必须儿子做。养女儿的人还不烧纸了？弟弟大赦一般，一个土遁（飞快）飞了，不见了人影。我妈才说你们谁来印吧。我们笑她重男轻女，严重伤害了女儿们自尊，但还是很虔诚地去做。

后来，印版不知被谁家借去还是藏到了哪里，总之是不见了。父亲从集市上买回个圆滚的印版，弟弟铺好白纸，拿起小棍蘸满墨汁，一排排滚过去，速度很快。印纸一下子成了玩耍，谁有空就嘻嘻哈哈过去滚几下。我妈生气极了，给老先人烧几张纸都嫌麻烦，你们还想干啥？我们被吓住了，吐吐舌头，专心致志地印起来。

再后来，我们见邻居家更简便，只需拿张新版的一百元，在纸上一行行捺过去就是了。我妈却坚决不准，说她小时候见外爷印纸都是跪在地上的，哪会像现在这样边说边笑偷工减序的？印纸必须照下数（规矩）来，不能随意。弟弟就不敢作弊，继续一张一张慢慢地印过去。

烧纸钱之风由来已久，高承《事物纪原》卷九载，"汉以来，葬者皆有瘗钱"；《史记·酷吏列传》中也记载"会人有盗发孝文园瘗钱"；到了魏晋南朝齐时，人们已普遍以纸钱来祭灵了。但传说却有点市侩气。说东汉时蔡伦改良了造纸术后，生意兴隆，哥哥蔡莫和嫂嫂慧娘很嫉妒，便商定了个发财之道。一日哥哥大哭，说妻子昨晚暴毙已装进棺材，当人们聚拢，棺材里忽然有响动，接着慧娘就跳了出来，说心急到了阴间，阎王让她推磨，就因为丈夫烧了很多钱，小鬼们都替她干活。她又送了很多钱给阎王，阎王才放她回来了。蔡莫故意说："可是我没给你钱啊？"慧娘指着燃烧的火堆："那就是钱！阴间都是以纸当钱的。"蔡莫马上抱来两捆纸点燃，说让阴间的爹娘少受点苦。消息传开后，不几天蔡莫家的纸都卖光了。

又说古代有一个县令，把母亲尸体放在庙里很长时间，小和尚实在受不了死人身上味道，就拿了几把稻草在房内烧，冲淡臭气。谁知县令来了，问烧纸干什么。小和尚吓得说不出话，老和尚忙解释："这是给老太太往阴间送钱呢。阴间的钱，就是阳间的纸。"

从此，人们为表示对死者的追悼，常常烧纸钱。时至今日，市面上纸钱种类越来越多，应有尽有，金额也从几万到上亿，还用金银锡箔折成元宝，甚至有苹果手机，但我父母宁愿花些时间慢慢印，说这样才有敬重之心。

天黑了，父亲贴好对子，挂上灯笼，叠好纸钱；我妈收拾好各种祭品装进篮子里；父亲就带着我们，去坟上请家神了。

一堆堆纸钱在十字路口，在旷野的坟边燃烧起来，黑乎乎大地上仿佛点燃了盏盏明灯。寒风刮过，纸钱越烧越旺，人们心里就非常欣慰，似乎一个个亡灵，也高高兴兴地回家过年了。而除夕夜，家家的大门都大开着，大红灯笼都高高挂起，祭品摆满了桌面。

过年了！

虽然知道烧纸之说虚妄荒诞，也不是文明的祭奠方式，甚至会污染环境，但老一辈人会用这种方式，去祭奠亡灵。它表明生者在延续一种民俗，敬畏着一种神圣。

希冀我们，把感激之情、感恩之心、孝敬之举，以更文明的方式，代代延续。

尾声

纸上的年事，本来是写给家里的后辈看的，没想到拉拉杂杂，写了一组。那些记忆中的年俗场景，现在回想起来，欢快的居多。人性大约如此，只有失去的，方觉珍贵。

以这组文字，告慰我的先人，祝福他们永飨祖孙之祭！护佑子孙，代代安康！

感谢我的父母，不辞辛苦不避艰辛，拉扯我们成人。

但愿我的兄弟姐妹，健康快乐，人人平安，家家顺意。

告诫我们的下一代，有很多东西，都是经过时间长河的淘洗后，代代流传下来的。虽然时代在进步社会在发展，但还是希冀他们，能够记住祖辈们曾经的岁月，珍惜当下的美好生活。

我的童年，我的故乡，我的家园以及这些乡情物事，将永远在内心留存，历经岁月沧桑，它们会赋予我心灵故乡的涵义。

用普鲁斯特的一句话作为结尾，"生命只是一连串孤立的片刻，靠着回忆和幻想，许多意义浮现了，然后消失，消失之后又浮现"……

燎疳的燎

一

一大早，女人们就在院子里忙活开了，边扫院喂鸡打扫灶房，边给娃娃说，"今儿是二十三，赶紧起来在地里找些柴火去，晚上要燎疳呢"。

娃娃们揉着眼睛，睡眼蒙眬地嘟囔，"家里那么多柴草，随便拽一捆就是了"。

"那不行，燎疳的柴必须是野地里的，这样病魔晦气才不会缠身，一年到头才会顺顺当当"，她们麻利地剥蒜烧水准备缠搅团，"燎完疳，一个年就算真正过完了。从明儿起，各干各的事，好好过日子"。

孩子们懒洋洋，下炕穿鞋，喝完水吃完馍馍，才背着背篼出了门。

西海固的春天不是春，寒风依然在大地上肆虐，虽没有深冬那么冷了，但还是冻得人发抖。旷野里，柴草到处都是，有的遒劲有力，有的绵软低伏。娃娃们走过去，把高高低低的柴草用手扒拉成一堆，很快就拾了一大捆，抱着背着赶紧回家。

这一天，按照习俗是吃干不吃稀，孩子们吃完母亲做的"搅团"后，就眼巴巴等夜晚降临。

二

关于"燎疳"，是有说头的。

古代称烧柴祭天称为"燎"。《诗经小雅·庭燎》云："夜如何其？夜未央，庭燎之光。君子至止，鸾声将将。"陆德明释文说："郑云：'树之门外曰大烛，于内曰庭燎。'"那时的"燎祭"也称"庭燎"，就是人们在庭前燃起苍术、柏叶或竹叶，烧去一年的晦气。这一习俗流传甚广，后又转变而成"燎岁"，就是以火祭天敬神，祈求国顺民安。《三国志·魏志·贾诩传》中，裴注引晋司马彪《九州春秋》中，就有"功业已就，天下已顺，乃燎于上帝，告以天命"之说。

"疳"，传说是一种非常顽固的病毒，只有用火烧才能驱毒灭病。后来演变为瘟神，泛指一切疾病瘟疫和晦气。其实，"燎疳"源于上古时人类对火神的崇拜，相信依靠火的威力可驱邪除魔，保佑平安。

在本地，人们把"燎疳"叫"燎臊疳"，因此有"正月二十三，家家户户都燎疳"的民谚。人们已赋予它另外的涵义，不仅仅指春节已彻底结束，还把它看作是民俗的坚守。

三

夜幕一拉开，孩子们就大呼小叫，跑出跑进。他们把白天捡拾回来的柴草汇聚成一大堆，准备点燃。女人们匆忙撕下大门小门上的对联，拎出元宵节挑过的灯笼，收拾干净家里的葱蒜皮，然后把铁锅擀面杖菜刀放进锅盖里，走出门来。

当熊熊的火苗照亮夜空，人们先把对联灯笼、葱蒜垃圾抛进火堆，把锅灶在火上绕几圈，希冀燎去所有的陈旧晦气，紧接着，鞭炮被调皮的娃娃迅速点燃，炸起一股股火苗，"燎疳"就正式开始了。

家家门前火焰升起，把院落和村落照得红彤彤，笑闹声、鞭炮声此起彼伏，大家争相从火堆上跃过。稳重的大人往往象征性跳几下，便站在一旁围观；娃娃们则不然，一个劲地跳。尤其是半大小子们，好容易有了合理的放纵机会，岂能错过？

他们毫不畏惧，相向而立，发力飞跑，借助惯性从火上一跃而过。有时乱了秩序，就会撞在一起，升级为"碰头会"，跌进火堆，烧了衣服燎了眉毛头发。也有匪气的娃娃，趁机在火堆里扔几个"二踢脚"，炸得火星四溅，把人吓得大跳。人们也不生气，燎疳燎疳，燎的就是暴气戾气。

小孩子不敢跳怎么办？大人就抱起他们在火堆上绕，或者握住娃娃的双手在火上甩几圈。还有替身在异乡的亲人朋友"燎疳"的，他们默念游子的名字，祈祷他们安顺健康，万事如意，然后从火堆上一跃而过。相信在新的一年里，那些不顺心和灾难，都被大火烧得一干二净。

往往自家的火堆熄灭后，人们又赶到另一家，直到尽情享受火的盛宴，全村的火堆都熄灭后才肯罢休。

四

大火熄灭后，人们请出有经验的老农，用铁锹把燃剩的火星灰烬轻轻扬起，名曰"扬花"。据传，有人能根据火星散开的形状看出粮食的收成，然后确定地里播种什么。《灵州新志》就载："二十三夕，家户堆蒺藜于门外，以火焚之，撒以盐，老幼跃跳名曰'燎疳'。即而扬其灰，名曰'六谷花'，以占丰年"。老农一边扬花一边高呼，火星小而圆的，就喊"麦子花"；火星小而不规则的，就喊"荞麦花"；火星大而圆，意思是豆子要丰收；火星大而不规则，则预示着玉米的辉煌。那些火花随风而飘，在漆黑的夜里，发出点点亮光，像漫天飞舞的荧火，又似绚烂夺目的烟花，甚是壮观。"扬花"，无疑寄寓了人们对丰收的愿望。

散完了花，地上满是落下的火星，人们一哄而上，用脚使劲踩，叫做"踏鸡娃子"。这是小娃娃最喜欢的活动，他们在大人鼓励下，使劲踩灭火星，以防火灾。我小时候最喜欢这个环节，即使年年烧透胶皮鞋底也乐此不疲。

当地上没一丁点火星时，"燎疳"活动才宣告结束。对所有人而言，燎过疳，意味年过完了，懒散不得了，又要开始忙忙碌碌地工作生活了。

正月二十三，是西北的篝火节，也是任何篝火晚会都不能相比的风俗。因为人们燎去的，不仅仅是灾祸疾病、霉运晦气，更重要的是，燎去了"心疳"。让那些丑恶贪婪、虚假丑陋随大火燃尽，让善良和谐、安详顺意永驻心间。

一些名字及其他

清明，是上坟的日子。

按说一定会下雨，但老天似乎心情颇好，有风拂过，吹面不寒。气喘吁吁爬上山坡，就听见手机响，埋头看发来的微信，居然是清明节快乐。虽说死生之事来去皆空，但对满怀思念的人来说，这逗趣就有些没心没肺的冷漠。

山坡，成为灵魂的聚所，通往它的小路曲曲折折，布满杂草荆棘。走到坟茔边，大家忙着拔去杂草，挂上纸条；有人拿起铁锹铲土，有人修理被雨水冲塌变形的坟茔。一些人被黄土掩埋，又在特殊的日子被翻拣了出来。熙攘的人世，该记的东西太多了，我生命中的他们，已成为一个个模糊的符号。高高低低的坟茔，是他们存在的方式，尸身肉体统统被这个叫做"小梁子"的地方收拢。

一阵风吹过，青烟四起，墓碑稳稳当当站在那里，石头上刻着的字依旧清晰。我盯着一个个汉字组合的词组，看着那些曾代表一个人一生的字迹，觉得陌生又不可思议。他们是我的亲人，是我在是个世界上的源头与轮回，是家族史上的一个个节点与纽带。作为后辈，活着时我对他们了解不多，逝去后更觉关系不大。都说黄土隔人心，他们渐渐被遗忘被摈弃，身影早已淡去，微笑只在某个梦里偶尔闪现。他们连同他们的名字，终将被时间的风雨消磨殆尽？

祖父

祖父名为高文杰，山西运城人，小商贩出身，喜好读书，勤奋节俭，正直倔强，落落寡欢。个子不大，精瘦孱弱，山羊胡子，黄白面孔是他留给我最直接的影像。

被取名文杰的人，一定是暗含着尚文崇礼希望的，但这两个字似乎也预示着他乖舛的一生。早年丧母，父亲娶回一个比自己大两岁的继母，孤单的少年内心是怎样的煎熬，只有自己知道。他只能选择出门"熬相公"，学着做生意。乱世的无奈，家族的排挤，有家不能归的现状，科举梦的幻灭，学徒的屈辱，"文"字显然遥远空茫。紧接着，第一个妻子难产而亡，刚出生就失母的儿子无人养护；第二个妻子很快娶进家门，但进门四年没生下一男半女；此时国破家亡，日本人烧杀抢掠，家族四散五零，青年只能走啊走，一路跋涉，流落于外乡。

凭着晋人的吃苦耐劳与勤俭节约，年轻气盛的他，也有了积蓄，有了大的店铺，一开始生意很兴隆，也赚了不少钱，买了几顷地，原以为能在"杰"字上有些作为，成就一番事业，可是世态动荡，人心不古，生意只赔不赚，后来才发现是吸大烟的合伙人导致一贫如洗。无奈悲愤中他继续北上，终至在他乡娶妻生子，安家落户。

祸不单行，民国政府开始推行一夫一妻制，在山西的妻侄以重婚罪将他告上法庭。他被抓进监狱，家人找保人托关系，花光了所有积蓄。一场变故，使他对世道痛恨不已，也更小心翼翼、谨慎度日。一河之隔，有白军和红军两个阵营，他因做生意结识了一位红军排长，那人说天下要变，并分析了当前形势，讲了许多政策。人到中年的他，就以货郎担身份来养活家人。

历史总是风云变化，真相也被遮掩不清。我们对他的印象都是老年时的样子，一个抱着旧书蜷靠在炕上看书的身影，成为定格，这时"文"字还有踪迹，"杰"字却再也不见，他的一生，显然是辜负了这个名字，浓缩成一个暴躁寡言、孤单凄凉的老人，终于被埋进异乡的土地，连同那个叫做"文杰"的符号，无声无息。

对于祖父，似乎没有来自血缘的天生亲近感，准确地说我们都怕他，活着怕，去世了更怕，也不知为什么？当他以一张黑白画像存于世时，我还是恐惧万分。

每至清明，父亲在外，烧纸的就是我和妹妹了。妹妹年幼无知，一路哼着歌边走边跳，我战战兢兢地跟在后面，和这个一年级学生讨价还价。篮子里有妈妈做好的几碗"献饭"，通常都是最稀罕的食物，比如鸡蛋炒西红柿，牛肉炒青菜，凉粉凉面，还有丸子包子，但此时的我对美食一点也不感兴趣，我的兴趣只在于诱惑妹妹：我负责在坟地四边的挂纸，凡是坟堆四周包括坟头上的活计都归你干，报酬就是这些好吃的。她忙忙点头，生怕我反悔似的。

到了坟地，她上跳下窜，一会坟头一会坟脚，忙得不亦乐乎。我在坟地边目瞪口呆，只见她骑在高高坟堆上，用土块压着白细的纸条，接着站起来，还用脚后跟使劲踩了几下。纸条的一段摁进了土里，我的心跟着被抛进恐惧的深渊，跪在地上，哆哆嗦嗦，怎么也划不着火柴。

有一天，妹妹说起她深夜回家，身后似乎有个影子，她走它也走她跑它也跑，直到进了院子才不见。我恍然大悟，这是祖父在保护她吧。尽管她骑上了坟头，但他一点也不怪罪，还保护着无知的孙女。从此，我总是走得缓慢满怀期待，希望祖父的灵魂能出现在身后。

"文杰"成了"先人"的代名词，成为我们的"家神"。他在世间的名声决定着家族的兴旺和被尊重程度。时至今日，这代号已被认识的或不认识的人重叠使用，而那个曾使用过的人早为枯骨一堆。

时间的水流将逝去的事件人物淘洗得变了颜色，作为魂灵的祖父或许和儿孙们一起，经受着欢乐悲伤，前进后退，哀怨欢喜，热爱仇恨。"文杰"的愿望将在后辈人身上传承，尽管只是愿景，但骨子里固有和传递，还能从我们身上见到一些影子：比如闯荡江湖的渴望，勇往直前的豪气，踏实认真的作风，勤俭持家的家训，安分守己的态度，恬然乐观的心态，煎熬隐忍与宽容，原谅自己和别人……

祖母

每个集日，只要放学走过小巷，都会看见踮起小脚扶着墙的她，手里抱着一个花布包，眯着眼睛在等舅爷。

包里鼓鼓囊囊是馒头，方方正正定是烙饼，还有洗干净的衣服、缝补一新的袜子、千层底的布鞋，我飞跑回家，义愤填膺地给母亲告状，自己都吃不饱，还偷偷摸摸给她弟弟捎东西，只知道偏心她娘家人。母亲就叹气，舅爷爷没女人，只有靠这个姐姐操心了。你奶奶为这没少挨你爷爷打，真不容易啊。都应该要向奶奶学呢，有这样姐姐多好。

多年以后，我常常记起她，肤白高大，体型微胖，细眯眼，乌黑发，黑衣裤，大袄上有盘成蝴蝶状的盘纽，左上方挂着个鲜艳的针扎。她盘腿坐在炕上做针线，黑衣托着张好看的脸，一缕阳光照在身上，散发着慈爱的光芒。她的名字叫奶奶。

奶奶是家里脾气最好的人。一张笑脸慈祥而喜悦，温和而包容；一双小脚裹着黑鞋白袜，就是传说中的三寸金莲。她用那么小的脚支撑着笨重的身子，颤巍巍地做饭洗锅，喂鸡喂猪，看管孩子，从不疲倦。她干完活走到炕边，爬上炕沿，两只小脚互相磕瞌，然后上炕盘腿，从容坐定，从不见脱鞋，也不见摇晃身子。

大多数时候她都被喊做菊娃（小姑的名字），也有喊孙女名字的时候，她的称呼是随着对方的年龄辈分决定的。我曾好奇地问，奶奶，你名字叫什么？她笑笑说没名字，人家叫我高卢氏。然后抿嘴不说话了，眼神越过门槛，越过矮墙，越过门口的榆树，一路流窜到远方去了。

但我知道她也曾被叫做韩卢氏，在韩家生了一儿一女，痨病男人死后，她是被爷爷"抢"来的寡妇，实则是被婆家娘家人倒卖的，换了四石谷子。爷爷为此耿耿于怀，每次生气便嚷嚷可惜了自己的那些粮食。奶奶跟了在山西已有两房妻子的爷爷，生了四个儿女，却还是低人一等，小心翼翼地伺候着老的养育着小的。

前年清明，我们在外地，母亲说只要在纸包上写清楚姓名地址，奶奶就会收到。妹妹说，奶奶不是没名字吗？她哽咽了半天，你奶奶叫卢秀珍。

在石碑上见到她的名字时，我们都觉得奇怪，奶奶成了有名有姓的人，反而很陌生。她的名字挂在那里，疼爱地看着儿孙们跪在面前，点燃香烛，进行着一场声势浩大的祭拜活动。

卢秀珍，普通而平常的姓，普通而平常的名。《尔雅》上解"荣而实者谓之秀"；珍，宝也，《说文》这么定义，隐忍包容，宽厚无私，大地般的祖母，确实是和这名相辅相生。

跪着的人群中，大人们说说笑笑，该哭的时候哭几声，然后就聊起共同的话题；大点的孩子抱着手机看，各自为政；小的就互相打闹，撕着花花绿绿的纸幡玩；最小的孙子才一岁，咿咿呀呀唱儿歌。她看着他们，欣慰无比，非常满足，一如生前。对于她来说，无论子孙们怎样，只要健康平顺，就是最好的。

慈爱有加，体恤同袍，她留下的名声，远比名字重要。

外公

十二岁的某个下午，我正在外婆门口的老槐树下跳皮筋，忽然听见妈妈姨妈大哭，就赶紧跑进院子。他已躺在一堆麦草中，脸上盖上一张白纸。

外公出身于大家族，有史可考出了文贡和武贡（相当于状元）。他是武贡的后代，被称为西院三爷，我母亲说她小时在街头还见着敕封的石雕门楼一座，可惜后来被打着拆掉了。他身材高大，白面长须，细缝眼睛，戴一顶瓜皮帽，平时似乎很少说话，说起来也柔声慢气满脸含笑。他总是佝偻着身子，背着破旧的背篓去煨炕，或是围着围裙在做饭，在花园边侍弄花草鱼虫。

讳名杜子荣的他，是我见过最温和的男人。"子荣"，为"子为父贵，父为子荣"之意。他的弟弟我的二外爷，讳称"子华"，从取名上，便知家族对后辈的期望。大家子弟，条件优裕，外爷又谋得税官的差事，日子应是优哉游哉的。第一个妻子病故后，又娶了县城长大的外婆为妻，二人极为恩爱。外婆曾对我说他们一辈子不要说吵架，脸都没红过。

关于他的记忆，总是和吃有关。苹果熟了，从树上掉下来一个，我和大表妹赶紧拾起来交给他。他从口袋里掏出一把小刀，蹲在花园矮墙边，把苹果切成几瓣，分给孙子外孙。见分不过来，又去树下摘了两个，切开分发，我总会得到较大的一块。

我见过一次他哭，是小姨去世吧，反正好像大家都在哭。外婆躺在炕上哭，外公走出来，靠在门口的榆树上，皱纹里布满了泪水。他摸着老树，树干和他一样龟裂苍老，树洞里满是裂纹。时间和他一起，见证了物事流转，岁月天地。

没有多久，他就成了一个住在黑相框里的人，另一个世界的人，可是孩子们一点都不害怕，无论在哪里，他都是一个和蔼的老人，不会给人带来麻烦。几天前外婆下葬，终于和他睡在了一起。他们，终于团圆了，在那一世，执手相看，柔情永久。

外婆

李桂芳。

第一次听说外婆姓名时，我非常惊讶的，以至半天都没反应过来。因为有个同学和她名字一模一样。那女孩发如鸦窝，一脸的水疮，黄水蔓延开来，满脸烂糟糟；家里有只黑狗，见人就追出几里地，每次路过我们都胆战心惊。她每次回家偏偏会把大门打开，那黑狗旋风一样追出来，大家背着书包没命地跑。男生们边跑边喊她名字，乱骂一气。我心里堵得慌，她怎么能和我外婆的名字相同？

外婆的一生，堪称圆满，是值得效仿的一生。她漂亮贤惠，性格温和，聪慧幽默，话少言缓，勤劳手巧，而且识时务懂大礼，赢得外爷珍爱，备受子女孝敬。

桂芳，没有比这名字更适合外婆的了。桂，象征文人之誉又有收获之喜。芳呢？是一种香味，也是一种品质。

春天，苹果树开花了。清晨，外婆将花瓣归拢到树下，然后坐在小凳上梳头。晚春的阳光照在她白皙的脸上，满脸的皱纹似乎也舒展开来。她慢慢地散开发辫，漆黑一团的长发抵达腰间，落在细白衫的边缘。此时的她，不是那个烙馍馍背背篓的外婆，也不是那个衣襟里盛满韭菜洋芋的外婆，而像图画书上的仕女。

夏天的中午，她跪在炕沿上，用桃型的划粉在一块白布上画来画去，然后拿起剪刀，可擦可擦，将布剪开。院里的果树缀满了枝头，不远处的菜园里绿茵茵一片。她坐在炕上前绣花，炕上的孩子笑眯眯地看着她。

外婆家的饭总是格外好吃。秋天的中午，干净的砖院里，面条摆在碗里，臊子油汪汪，一群孙子，每人一大碗面一碟小菜，埋头吃饭。喂饱了孩子，一群鸡娃子还没喂。她翻一把锅里的馍馍，出门撒一把小米。鸡娃子低头抢食，叽叽咕咕；几只鸟雀从树上飞下，叼几颗碎米，又机警地飞上树梢。

八十岁高龄时，她依然在绣花。蝴蝶鸳鸯，鱼虫草木，绿枝黄花，一朵一朵；从衣襟到鞋垫，从鞋头到衣襟，再从虎头枕头到贴身的兜肚，那些花盛开在寒冷的雪中，盛开在几十个孙辈的家里，而她如遒劲的花茎花骨，伫立在人间大地上。

跑土匪，经兵变，改朝换代，土地改革，搬迁进城；城里少女，乡下媳妇，农业社的劳力，包产到户的主妇；六十岁之前的劳作，七十岁之后的闲适；八十岁后每月有五十元工资，她高兴地睡不着觉。近百年的经历，长达一个世纪的见识，她似乎洞察了一切，活得明明白白。她年轮般看着孩子以及孩子的孩子长大成人，娶妻嫁人，再生子长大，渐渐成为睿智幽默的老者。

大家族，很多杂事，一对小辈闹了矛盾，激化后来娘家告状。众人慷慨激昂，说的唾沫飞溅。我听糊涂了，走过去问，奶，到底啥原因？她低头喝了口水，槽里没食猪咬猪。大家笑得弯了腰。

暑假，小卧室，她靠在床上，听着母亲唠叨。我边看书边阻止，妈妈。我女儿玩着手机，看了我一眼，妈妈。母亲停顿了几分钟，又开始说。我的口气就重了一些，妈妈。豆儿放下手机，也说，妈妈。外婆笑眯眯，这就叫各管各的人，一物降一物。四个人大笑。

表妹出嫁，大家都去了北京，我带她洗澡吃饭梳头剪指甲。她忽然叹了口气，要是我再年轻十岁，你敢领我去北京吗？我想了想，还是不敢。再说你去哪里干啥？她羞赧一笑，听说毛主席在北京，我想看看他老人家。

有时她会感慨万千，这社会好得很，吃不愁穿不怕，衣服多得穿不完，月月还有工资拿，就是一样不好。我看着她，她赶紧补一句，就是不要女人多养娃娃。

外婆走时，沉静淡然，既不委屈也不留恋。在医院里，我拉着她冰凉的手，看着那张布满老人斑的脸，听着她痛苦的呻吟，忽然就想赶紧走了吧，只要别受疼痛。老而贱、老而辱的例子太多了，我不想她也有那样的结局。这想法冒出来，似乎也没有什么忤逆之感，因为这个过程是谁都要经过的，外婆也不例外。

李桂芳，漫长的一生，名字对她来说，已无所谓。她会以另一种身份，存活在后辈们记忆中，被常常提起，被永远怀念。

所有的生命终将殊途同归。可我的外婆，活在九十岁的春天里，再也不会老去。

公公

第一次见公公，六十多岁吧，爷爷一样老。不过走起路来还挺拔有力。这个大个子大眼睛的老人，带着瓜皮帽，穿着黑布衫阔腿裤，眉角向下，像个括号。多年过去了，我的孩子都大了，他好像也没多大变化，和屋前的杏树一样，历经风霜，度过了一个个春秋冬夏。

年少丧父，随母改嫁，水深火热的年代，开车马店的人是不会白白养活男孩的，期间的艰辛不言而喻。期间他偷偷学会了识字，终于长大成人，还做过保长，他弟弟甚至做过县长。祸端从此埋下。解放后，作为"四类分子"之一，他们一路逃离，辗转来到三面环河背面靠山的台地安家落户。运动一个接一个到来，孩子一个接一个生下，十几口人的大家庭，养活子女的任务可想而知。

他天天挨批，然后就喂牲口。隔着几座山，孤岛般的窑洞里，就是牲口棚。半夜，小儿子醒来后总不见人影，过了很久，一把炒熟的豆子递了过来。虽饿得头晕，但儿子摇摇头，听说那炒豆子的锅里煮过死娃娃……他笑了笑，吃吧吃吧，人都快要饿死了，还在乎那个。

半夜，他背着背篓翻过几座山，给家里送点豆子或者柴草。还有一次，暴雨如注，他背了一捆糜子回家，从岔道上跑出一只黑山羊，羊直立了起来，人被吓得滚进了旁边沟壑。再后来，他开始贩卖针头线脑用来维持生活。他是干啥都谨慎小心、力求干净整洁的人。据说批斗的牌子歪了，也会拿回家修补端正；写错的姓名，也要描画工整。

在他眼里，我不过是个小孙女，所以从不做过多要求。每年除夕，写对联是我俩的任务。他坐在小凳子上，把整张红纸裁开，叠成五字或七字的细条，我提起毛笔就写。他说这个上联好那个下联不合适，说谁家应该写什么内容。我写了很多，但觉得没一个好看的；他倒是很满意，背着手瞅来瞅去。

他爱说陈年旧事、奇闻异事，比如海原大地震时的故事，再比如大跃进的五八年，饿死人的六零年。可他一张口，儿孙们就跑得有远没近，人人都忙得跑趟子，谁有闲功夫听一个黄土埋到脖子的老人絮叨呢？

老了的他，有些固执偏执，认老理儿，常用自己是非观要求晚辈，所以动不动就生气：嫌没人给老坟烧纸；嫌谁家的后辈失了礼数；唠叨谁家的大人没家法。最令他生气的是，后辈们的取名都不按家谱上来，各自为政，想叫啥就叫啥，甚至还大发脾气。总之和时代有些格格不入。

去世前一周，我们回家看他。他坐在凳子上，像个缩水的苦瓜，褶皱里都是沧桑。他老泪纵横，拉着孙女的手说，豆豆，你可要记着爷爷啊，不敢忘了。

婆婆去世后，他越发沉默，越不快越沉默，越沉默越孤单。腿脚也明显不利落了，加上哮喘，很少动弹，常常握着拐杖，坐在矮凳子上，注视着门前的小路。

不久他也去世了，变成一座坟茔。姓名被写在纸上蒙上黑纱，置于最高处，陌生而神秘。

名叫贾茂才的老人，在漫长的岁月里，养大了十个儿女，繁衍了几十个子孙。他的名字连同曾经的故事，一起埋在山坳里，守着自己的家园。

婆婆

生了十几个孩子，看大了几十个孙子，五十多岁就患了白内障的婆婆，很多年都坐在炕沿边，盯着窗户，借助一丝光亮，等待着已知的命运。

她很孤单，没姐妹也没兄弟，直系亲属故去的早，即使想娘家也不大可能。每次公公戏谑说孤人一个，她就气得不得了。在家，她是年长卑微却最受欢迎的人，平日里很少说话，说多了也没人听。有人来，便蜷缩起来，用耳朵急切地判断是谁。

称呼于她，真是一件奢侈的事。她叫我时，总是喊女儿的名字。我不习惯，就说你喊我名字吧。她觉得不可思议。

除了生病，大多时丈夫儿子们都像忽略了她，基本上有任何事都不会问她的意见。我常常替她抱打不平。

妈，为什么不说呢？

哪有我说话的份儿呢？

我就讲道理，她笑呵呵地说，凡事都由他们做主，我习惯了。

我问她对自己名字的看法，她叹了口气，名字都是父母给的，哪里敢说好听不好听呢？

每每见我买回吃穿用的东西，她都很高兴。有一次，她背着别人，摸索出一百元给我，你去给你买个啥。我笑着说，有点少啊，多给点吧。她怔住了，羞涩地说，我只有这点，你别嫌少。

过年了，别人都玩牌，她和我说了很多，都是一些小细节。小时父母格外宠爱，几乎没下过地。十一岁就做了童养媳，娶进门还没背篓高，烧火都不会。嫂子很厉害，拉风箱时拿带刺的烧火棍打，后来还是公公看不下去，说了几句，才打得少了。再后来分了家，就一辈子和娃娃打交道，生孩子，养孩子，看孩子，自己的，儿子的，甚至连孙子的，然后老了。

儿女们都走了，孙子们长大也走了，她干瘪、瘦小、胆怯、沉默，头上的白发越来越多，说的话却越来越少。年月更迭，她与她的名字越发模糊，终成了一个与她毫无关联的东西。

村里剩下的都是老人了，庄院渐渐被荒草掩盖。他们随村庄的老去而老去，随村庄的没落而没落，随村庄的孤独而孤独，最终，变成一堆黄土，几束荒草，和场院上的蒿草，沟渠边的野花，瓦楞上的青苔一起，枯荣随意，生死安然。他们的名字，生前躺在户口本上，逝后写在墓碑上，如此而已。

"昨风一吹无人会，今夜清光似往年"，名传千古，对普通人来说，无疑是一种奢望。千千万万个普通人，从不设想以有名有姓的方式存活于后人心中，被深深注视，被切切体念，但有一种东西，会以血亲的方式，以表谱的形式，一辈辈繁衍一代代传承。

人类存在的理由和幸福，也在于此吧。

好在这世上，还有个叫做名字的东西！

一张美丽的全家福

一

外婆关上门，神秘兮兮地说，今晚上的事，谁都不准说出去，说了就把天祸闯下了。

母亲恶狠狠补充，谁说出去，一个月不给饭吃不说，以后就别进这个家门。

土炕上，并排趴着的、吵吵闹闹的几个娃娃，一下子静悄悄了。昏黄的煤油灯下，各种长长短短的影子也渐渐不动了，只听北风卷起雪渣，打在窑洞的窗纸上，扑簌簌响。

外婆爬上炕，在黑蓝色大襟棉袄里掏啊掏，掏出一把古铜色长刀片样的东西，跪着挪向炕脚。那里，有一个赤红色木柜，上面雕刻着各种各样已被磨损的图案。平日里，只要哪个娃娃在柜子四周玩耍，她准会呵斥几声；母亲呢？一定会抛过来个苕帚疙瘩。六个娃娃吵吵闹闹，她们都已没一点儿耐心了。

古铜色的刀片在柜前的黄铜锁上鼓捣了半天，咔咔，柜子被打开了。噢，原来是把钥匙。外婆小心翼翼地抬起木柜盖子，头向下搜了好一会儿，才拿出一件东西，然后把柜盖放下来，原模原样锁好，跪着挪到了灯下。

我们伸长了脖子，盯着铺在炕上的那件东西。那是一件从没见过的衣服！深绿色，滚着黑边，细长柔顺，细腻光滑，在闪闪的煤油灯下，发出温润的光泽。尤其是一排盘起来的纽扣，像一个个白蝴蝶，一下子把人拉回了春天。

母亲把脏兮兮被窝往后卷了卷，拿出笸篮里的剪刀递给外婆。外婆看了我们一眼，用手在那东西上量着尺寸，然后郑重又毫不犹豫地剪了下去。

炕角的弟弟咿咿呀呀，大声哭了起来，小猫咪般。母亲急忙抱起来，掀开黑蓝色棉袄，把干瘪的乳头塞进他嘴里。三个月大的弟弟立马就不哭了。母亲微笑着，微摇着身子看着他；外婆也微笑着，慈爱的看着他们。生了五个女娃，才有了一个儿子，弟弟自然比我们金贵得多。

外婆，这是什么？姐姐大着胆子问。

外婆手下忙活着，头都不抬地说，旗袍。

干啥用的？大妹追问。

穿的。

天哪，我们惊呆了。这样的衣服见都没见过，更不用说穿在身上了。全村里的女人，不，全公社的女人，谁都没穿过这样的衣服吧？她们一律裹在黑蓝色的布料里，像秋雨中霉烂的向日葵竿。

从我们记事起，和外婆年龄差不多的老人，总是黑上衣黑裤子黑头巾黑鞋子，全身上下一锭墨，不但上身肥大厚实，裤裆还落在裤脚。裤脚呢？一般都绑起来，露出缠过或放开了的几寸金莲，站起来头大身子细，难看地很。

和母亲年龄相仿的女人们，一律蓝黑上衣黑裤子，全身上下脏兮兮皱巴巴，加上剪短了的头发，风一吹，满头乱飘，看起来就像炸了毛的鸡。难怪男人们动不动都骂，这些超妇人，一个个活像造窝的母鸡。

和姐姐一般大的女孩子，一年四季都在家里忙活着。在地里干活，自然不能穿好衣服，其实也没个好看的衣服穿。就是抹脸油，也只有凡士林棒棒油，还有用猪油和洋碱制成的胰子。那些不知名的东西涂抹着清纯姣好的脸庞，那些灰楚楚的布料遮盖着健康美丽的身体，让本来年轻的她们，土里土气，窝里窝囊。谁要是有件漂亮衣服，那可是一家人的荣耀。

支书家的菊花就有一件白的确良汗衫（衬衣），队长家的兰花有一件红平绒罩衫。她们走在路上，长辫子甩来甩去，就背着满脊背的艳羡。姐姐看着那漂亮的背影，常常低头不语，黯然伤神。可我家娃娃这么多，全家的工分那么少，哪里来的闲钱给她穿新衣服呢？

现在，面前的衣服居然有这样的布料，这样的颜色，这样的样式，这样的光泽……

我们看着灯下的东西，都傻了，就像看着另一个世界里的物品。

可外婆，为啥要剪了它啊？我咽了咽口水，急忙问。

你弟弟一百天了，要过百禄子（西海固风俗，即百天纪念日）了。家里实在没钱……就把这收拾了给他过日子吧……你妈好容易生了个儿子，应该穿好点，也是争口气，外婆边忙活边说。

母亲一下子眼泪汪汪，妈，等以后日子好了，我给你买一身新……

说是这么说，可所有人都明白，什么时候才能穿上一件新衣服呢？

二

一间土坯房里，坐满了人。十五瓦的电灯照着一个个黑黝黝的农人。

父亲和男人们喝着罐罐茶捣着闲话，旱烟味呛得人直流泪；母亲和女人们坐在炕上，翻看姐姐的结婚衣裳。

这是我们的陪嫁衣！母亲指着一身暗红色的巴拿马西装，两双黑皮鞋，两床花被子，自豪地说。那是婆家拿来的。几件花花绿绿的衣服、几双鞋子，堆在大红木箱上，在白晃晃的灯下，发出耀眼的光芒。

哎呀，现在的娃娃把人活了。这料子这样式，咱人老祖辈没见过。哎，啥时咱也能穿上有颜色的衣裳呢？婶子嫂子们摸着衣料，啧啧赞叹。她们还穿着蓝色、灰色衣服，不过头巾变成黄色粉色的了。

一堆年轻人，攒成一团，看着黑白电视，七嘴八舌地憧憬着未来生活。

听说北京上海人结婚，典礼时还穿一身大红呢子裙。新娘子还有头花，有红色盖头，还有红皮鞋呢。

还有长到脚底的裙子，闪闪发光的那种。

还有把身子都露出来的，叫旗袍……

旗袍，那不是电影里女特务穿的吗？

大家顿时不做声了。烫发头高跟鞋，叼着烟斜着眼，暴露曲线的长旗袍，在人们心中，就是女特务的标配。

姐姐和我惊恐地交换着眼色，这么多年，那件暗绿色的旗袍，一直都是我们心底的秘密。幸亏外婆收拾给弟弟穿了，不然的话，大家都会被牵连的。可外婆哪来的旗袍？她总不会是潜伏的台湾特务吧？

三

和平小区三单元的四楼，人来人往。大彩电开着，滚动播放着国内外时事；鞭炮声此起彼伏，孩子们跑来跑去，手里拿着的牛奶糖，见人就发。弟媳拉开大衣柜，各种颜色各种款式的大衣裙子，挂满了衣架。

各种鞋盒，也塞满了衣柜空隙。

外婆坐在软乎乎的席梦思床上，笑得合不拢嘴，多好看的衣裳啊。可这么多，啥时候才能穿完才能穿烂呢？

妹妹笑着道，奶，现在都二十世纪了，人家都穿的是样式，穿的是个性，哪里能穿烂呢？

嗳，现在社会好了啊，一辈子都没穿过个好衣裳，这老了老了也跟着你们穿红戴绿的，她看着自己红团花金丝的上衣纺绸的裤子，感慨地说。

妈，只要有人买，你就穿，母亲端着茶杯走了进来。红底白花的短袖，褐色的半裙，把她衬托地格外年轻，当年，你把压箱底的衣裳，都剪了给娃过百禄子。我那时就想，啥时候能给我妈补上心呢？母亲哽咽了。

外婆挥挥手，那时候社会都那样嘛，人吃都吃不饱，哪家还有钱穿好的？再说也不敢穿。

我忙问，外婆，现在可以说说你那件旗袍哪里来的？

我年轻的时候，咱这里过马家队伍，成天跑土匪。有一天，一个要饭的到门上，给了我那件衣裳，说换一碗黄米。我给了一碗米，就留下了衣服。

噢，一碗黄米就能换一件丝绸旗袍？我们恍然大悟。

那时候衣服哪有粮食值钱？再说后来又成了四旧，谁家有谁家招祸，我就一直藏在箱底，不敢让人知道。哎，只知道那可是大户人家穿的，咱们这些人哪敢穿呢？

四

我们换上各种颜色的旗袍，站在已成乡村怀旧旅游点的老巷子，随着摄影师的指挥，摆着各种姿势。外婆和母亲坐在阴凉处，看着我们。

女儿走过去，太太奶奶，你们也换上旗袍，一起拍个全家福吧。

外婆张开没牙的嘴，哎呀，这就跟做梦一样啊，才几十年啊，日子过得就热腾腾了。我也有了衣柜，里面的衣裳也满当当的。现在，连我这老不死的也敢穿旗袍了。

怎么不敢穿呢？我女儿不解地问。

超女子啊，以前不要说穿，想都不敢想。那时候吃不饱穿不暖，有一片布护住身子就不错了，哪里还敢挑三拣四，敢穿这个那个的？现在，你们可是赶上好世道啊！我就盼着老天爷让我多活上几年，把没吃过的都吃吃，把不敢穿的都穿穿，把没见过的世事都看看，这一辈子也就值了。

是啊，奶奶。我们现在穿的是品味，穿的是内涵。旗袍代表着精致与浪漫、韵致与美丽，是东方美和东方神韵的结合，是传统文化中最具代表性的衣服。我的衣柜里全身旗袍，小妹文绉绉地说。

嘿嘿，我的衣柜里也是。大家都抢着说。

好了。一二三，注意看镜头啊，妹夫大声喊。

外婆银发飘飘，一件黑色丝绒旗袍，老派合体；母亲染了黑发，绛红色旗袍裹着微胖的身子，雍容华贵。我们呢？赤橙黄绿青蓝紫，一字儿摆开，成熟稳重，幽雅高贵；小辈们穿起旗袍，青春靓丽，清纯甜美，一派美少女的风采。

瞧这一家人，多美啊！路人发出感叹。

女儿大声喊，我们美不美？美！我们靓不靓？靓！

随着咔咔咔的相机声，笑声也在旧巷子里飘荡，穿过土屋泥墙，穿过榆树杨树，穿过六盘山川，直穿向云霄去了。穿着旗袍的几代女人，终于拍出了最美丽的一张全家福，而一件件旗袍，一个个衣柜，也见证了沧桑巨变岁月变迁，见证了一个新时代的到来。

1982 年的水和书

一

街口照例坐了一堆晒暖暖的逛闲人。

有干瘦的瘸腿大爹，瘦长脸的戴家爸，戴白帽子的干大，还有黑脸的王老五。总之，每天都有男人们聚在这里，要么坐着扯闲，要么蹲着下坊（用土疙瘩下棋）；还有几个老人，仿佛黄土做成的雕塑，不说不笑，保持一个固定的的姿势坐着。

我低了头往回跑，右手捏紧袖口，只想赶快回家，藏在麦草垛后，看一本书。

我如此急切的原因是袖筒里的这本书的名叫《射雕英雄传》，它是我从同桌那里用两天口粮换来的，还有两罐头瓶的水。

其实馍馍倒没多可惜，少吃几口，饿着也没关系，我心疼的是水。

在我们西海固，世世代代靠天吃饭，家家缺水。老天下了雨雪，人们便把场院里的泥水、雪水收集起来，存到地下一个大罐头瓶般的窖里，一直吃到来年，而且不但人吃，牛羊猪狗、大牲口们都吃。可现在，连着几年春夏不见雨冬天不见雪了，庄稼干死了，草木旱死了，土地裂开大嘴巴，到处黄尘飞扬，张口都是满嘴的沙土。

家里每天用水都定了量，比如早上那一马勺水，总是奶奶第一个洗脸，接下来是父母，再接下来才是我们这些娃娃。洗完脸，脸盆里就只剩点泥糊糊了，我妈还要端出去给刚生下来的羊羔喝。现在水要被我拿去换本书看，我妈知道了，还不剥了我的皮？但我还是决定铤而走险。

同桌赵麻子是个精细鬼。据说脸上有麻子的人心眼多吝啬，可他脸上干干净净，不知为啥就叫这个外号。今天下午，他一进教室就趾高气扬地喊，哼，看你们谁敢再看不起我？我有一本书，是香港一个叫金庸的人写的。

所有玩耍的同学静了几秒，然后呼啦一下围上来。香港，单听这个词就会生出无限的遐想来：灯红酒绿，花花世界，大鱼大肉，特务小姐，高跟鞋烫发头，总之都是些反着的词。

这个金勇是干啥的？

不是勇，是庸俗的庸。他是个写书人，专门写武打的。听说武功盖世，走路都在空中飞，真正的飞檐走壁啊……这本书里不单有好故事，还是本练武功的书……我们觉得耳朵都炸了。

人家写的大雕都会送信呢。雕是啥？好比咱这里的老鹞子，腿上绑上书信，一口气就送到外国去了。我们抬起头来望着他，像绿头苍蝇见了西瓜皮，又像一只只温顺的羔羊看着头羊。

武功秘笈啊……他站在桌子上，挥舞着双手，神采飞扬，被一群平日从来瞧不起自己的同学围着，罩在一双双崇拜的眼神中，他很享受。

他扬起手里的厚书，高傲的就像大队支书，我哥说，不管谁只要看上一眼，都会垂涎（han）三尺。张大嘴的我们，明知道他读错了字，也不敢说出来。直到上课铃响了，我们才恋恋不舍地散开，回到自己的座位上。

教室静悄悄，没一个人说话，只传来一声接一声的当当当，看门老汉使劲敲挂在榆树上的半块铁犁。

好好写作业啊。谁要吵，我抓住就是十板子，语文老师慌慌张张讲完课，就走出去了。最近一个时期，各种消息纷至沓来，解放军啦，打井队啦，一百眼甜水井啦。大人每天都忙忙碌碌的，我们只好写作业。

赵麻子从桌子上迅速爬起，翻开那本书，装模作样地看。他平时就怕做作业，也最怕语文老师打。一上课，就像个地老鼠，悄悄趴着。

我看了一眼，他马上凑了过来，洋洋得意，我哥说看这书就和抽大烟一样，会上瘾的。不管是谁，只要看上几页，就会茶饭不思地想看完。

我装作不屑一顾，你看天上到处是牛头，都是被你吹断的。

他气得一下子站起来，不信，给你先看看。但只准看两页啊，多一页都不行。我就想让你看是不是我在吹牛？

我将语文书皮小心地取下，贴在那本书上，迅速地看了前两页，便可耻地背叛了自己。我从没想过自己会这么没出息。我可是大家公认的好学生，老师父母眼里的乖娃娃啊。

按照他要求，我迅速签完"不平等条约"，讨好地传过去。在许诺了替他写一周语文作业后，我又被允许看了七页，但接着，我又毫无骨气地答应期末考试时给他抄答案，又看了七页。

后来，我觉得自己就是个叛徒，是个经不住考验的汉奸。我甚至奴颜婢膝地说，明天早上我给你半个馍馍怎么样？脑子里情节和人物活灵活现，我最喜欢梅超风。我要练成九阴白骨爪，然后浪迹江湖。谁要是不听我的话，哼。

可是不平等条约很快就失去了效应，几个七页过去，我就和传说中的大烟鬼一样。反正已被拉下水了，索性一咬牙，这书我是看定了，你说说条件？

看在咱俩同桌的份上，一天两个玉米面馍馍。

我连想都没想就回答行。按照我一贯的读书速度，两天之内保证会看完，而两天不吃馍馍，估计只是饿得慌，但也饿不死。

他看了我一眼，还有……我紧张起来，什么？

还有一天一瓶水……

那一刻，我恨不得扑上去掐住他脖子。这么旱得天，牛羊都渴死了很多，水比油还贵。一天一瓶，得家里所有人都少喝一口呢，也许老妈一口都舍不得。

算了，我不看了。

他忽然声音低了下来说，我家水窖已经干了，只剩下些泥汤汤。过了今天，我妈说让挨家去要水，要是到了你家你给不给？

我楞了一下。按照我妈的作风，无论自己家多困难，水多金贵，只要有人站到门口，无论如何也会给的，与其这样，不如我换来看书吧。

说好了，一次就一罐头瓶，我有些做贼心虚，因为我家窖里也快要见底了。就这，我还得偷来给你啊。哎，要不就不看了，说来说去不过是眼欢喜。虽这么说，但我是多么想看完这个射雕啊。

准备回家时，我发现赵小刚满脸痛苦地走进来，趴在桌子上，一动不动。原来他渴得受不了，满校园转悠。看见语文老师的宿舍门大开着，桌上有个军用水壶，以为灌满了水，溜进去拔开瓶盖就喝，咽了几口才发现味道不对。

那是一壶柴油！

二

放学路上，走到拐弯处，一阵黑风突然卷过来，我觉得身子被谁狠狠撞了一下，脑子嗡地一声，等张开眼，就见面前一个黑影正在飞奔，一高一低，一瘸一拐。

我忘了叫喊，忘了哭嚷，就那么呆呆地站着；嘴张的大大地，却不知道说话，像被人吹了定身咒。

晒暖暖的人一齐抬起头。我听见谁在说，这个成成，真是个超子（傻子），看把这娃娃吓的。

干大站起来，拍拍屁股，一阵黄土飞散开来。我娃不要害怕，是超成成。

我一下子哭开了，干大干大，他把我书抢走了……

下坊（用土疙瘩下棋）的人站了起来，这个超子胆子真大了，敢抢人家娃娃的书了？他又不识字，抢去干啥？

大队支书王老五照旧高喉咙大嗓门，人呢？跑哪里去了？尔利，你去把那超子抓住，美美收拾一顿。

大爹颤巍巍地说，怕是回家去了。尔利，你去给你干女儿要回来。

干大笑着摸摸我头，不要紧，咱去问他要回来。要回来就好了。

三

一老一小，沿着窄窄的土路往戏院方向走去。我边走边哭，我借我同学的书，人家一天要两个馍馍，一瓶……

我咽回了后半句，怕他给我妈说。

嗯。我们去要回来。干大拉着我的手，慢慢说。

戏院的路真长啊。这条路，除了看戏时和大人们一起来过外，平日里绝少单独走，但我知道那个超子家，就在戏院旁。

超成成从我记事起，就是那个样子，全身机械僵硬，左半个身子像听到土地爷的命令，全部向下坠；右半个身子像被谁拉着，高高挑起。

走起路来，全身骨节都乱动；说话也含混不清，没一句能听清楚；加上长长的头发像毛毡，浑身脏兮兮的，就是个鬼魅。

小时候只要哭闹，大人就会吓唬，再闹成成过来，一把就抓走了。所有的娃娃都怕他，所以队长才派他去看庄稼。豆角熟了就看豆角，向日葵能吃了就看向日葵，玉米上面水了就看玉米。

秋天到了，糜子地里长满了一种叫做"火穗"的东西，甜甜地，涩涩地，很香。对我们这些穷孩子来说，那是无上的美味。可地头上除了站着衣衫褴褛的稻草人，还有拿着长鞭子的超成成。他一会儿呜啦呜啦，骂走麻雀鹬子；一会儿张牙舞爪，惊吓四处埋伏着的、准备偷摘"火穗"的娃娃们。

大孩子们一点也不怕他，比如我表哥和他的同学。他们成群打伙的走来，指一个人在一个地方和成成对骂，其他人就从另几处撒进糜子地，不慌不忙地折上一大抱"火穗"，然后大大方方走远了。我们这些小娃娃趁混作乱，折上几根就一溜烟跑回去，听疲惫不堪的成成边喊边骂。

可我都长大了，成成还是老样子，整天坐在街口的石磨子上。那是他的领地，谁坐一下都不行。

娃娃，别说了，成成也是个恓惶（残疾）人。他小时候可机灵呢，能说会道的，四岁上发高烧，赤脚医生打了一针后就不对了，后来才听说是药水装错了。你别看他长得丑，心可好呢，还孝顺，他妈说啥他听啥。他大大是四类分子，上吊死了好多年了。他妈拉扯他长大，可不容易。干大边走边说。从没见过他抢东西，今天这是怎么了？哎，天干火燎的，人都不对窍了。

四

家里有人吗？干大大声喊。这家没大门没土墙，一根根黑褐色的向日葵杆排着队，围了个大圈，就是院墙了，只有一孔窑洞。

一条黑狗突然从窑里冲出来，牙白森森地。我吓得躲在干大身后，他才不慌呢，顺手扯出一根向日葵竿。黑狗停住了，呜呜呜地转着圈，但也没敢张口咬。

一个黑影子慢腾腾挪出来，一只手遮住阳光，谁呢？

是我。尔利。他姨娘，把你家狗先挡住。

那人喊了一声，狗夹起尾巴颠颠跑了。影子走过来，一个干瘦的老女人。咋了？咋了？她连声问。

你家成成回来了吗？我干女儿下学回家，成成把娃的一本书抢跑了。他又不识字，拿书干啥？干大开始数落。

我也说怪了，这娃娃咋这时节跑回来了，躲在窑里鬼鬼祟祟的。我老了眼睛麻了，也看不来他在干啥。他姨夫，进来撒。

我拉着干大手，战战兢兢走进黑乎乎的窑洞。

进门就是炕，炕上铺盖脏得看不清颜色。连着炕的是个锅台，锅台后面有个大大的水缸，再后面，好像是一堆柴草，乱七八糟看不清。

成成，你把人家女娃娃的书抢来干啥呢？你给我拿出来，女人一进门就大声吆喝，边对我们说，炕上坐啊，喝点水。

干大忙说，不喝了。你问成成把书要来，我们就走。

女人一到暗窑里，动作就麻利了很多。她走过去，揭开水缸上苇子做成的缸盖，用铁马勺舀了满满一勺水，又从锅台上取过两只碗，倒满了端过来。

喝撒，喝撒。

窑里，一个黑影摇摇晃晃过来，手里拿着我的书。他妈一把拽过来，递给干大，折回骂他，这个超子，拿人家娃娃书做啥？

干大递给我书，你看看是不是这本？

我高兴地说，就是的。就是《射雕英雄传》。

可当我翻开，就见好好的书，上端一沓被裁成细条，不见了。下端也是，不过还没撕下来。我一下子哭开了，他把书都撕了啊……我给人家咋还呢？……我一天还要给人家一个馍馍一瓶水呢……

几个人都怔住了。

女人拿起手边的笤帚，使劲打儿子，我说你躲到窑里干啥呢？你把人家娃娃的书咋撕成这样了？

成成蹲在地上，一步也不动，呜呜地哭。我更伤心了。窑洞里回声大，哭声四处跑，嗡嗡嗡。

干大站起来，都别嚎了。成成，你给我说好好地书你撕了干啥？

成成在地上呜哩呜喇了半天，他妈赶紧"翻译"。他干大，我这儿是个聋障人，但心不坏。前几年，不知跟谁学会了抽烟，不抽就难受。我心想娃也可怜，就由着他。那几年雨水好，我在自留地里种几行烟叶，晒干了让他过个瘾，可就是没有烟纸，我就问学生娃娃要写过的本子。这两年天干火着，烟叶旱完了，他就偷偷卷了玉米叶子、向日葵叶子抽。这一个多月都没抽了，他实在熬不住了，才抢了娃娃的书，撕了几张当卷烟纸了……你放心，我打些浆子给娃娃粘好，保证不丢一页。

干大的声音低了下来，这书是娃娃借同学的，现在撕成这个样子，咋还回去？

半晌，成成妈说，那我陪。娃娃，你问问同学这书要多少钱？

我也不知道啊。同学说这书金贵地很，香港人写的啊，我低声呜呜。

干大突然对地上的人说，成成，你去把撕下来的都拿来，明天我给你一大沓子烟纸。

成成慢慢站起来，螃蟹一样走向窑后，从墙上一个土窝窝里，拿来了一大叠撕成细条的纸。

我趴在炕上一页一页对过去，页码都没变的一沓纸条里，只缺了第 63 页。

成成忽然从口袋里掏出烧焦了的半截烟卷，对着他妈呜呜说。他妈妈眼圈红了，你个超子啊……

干大伸手，把烟卷慢慢展开，烧焦的部分已看不清字了。他叹了口气，娃娃，不要紧，回家让你妈打些浆子，粘好了再看。干大给你钱，明天给你同学说清楚原因，他会理解的。我想再金贵的书，也是给人看的；谁念书学字，都是为了学好学善嘛。

我们走出窑洞，夕阳已到了西山口，万丈霞光聚在一起，染红了远处的山近处的路。

五

干大和我走进家门时，已是掌灯时分了。

大门大开着，上房里灯光正亮。人很多，吵吵嚷嚷地说着话。

我们走进去，满屋人都站起来。奶奶外婆，大爹姑舅爸，支书王老五，好像街口的人都在我家，满墙的影子互相交叠，高高低低。

我妈抱着妹妹迎上来问，书要回来了？

干大笑着说，成成烟瘾发了，没卷烟纸，见娃娃拿着一本书，就抢跑了。回去撕了几页，卷了一根烟抽了半截，我给要回来了。

大家都说，孽障人莫，以后谁有多余的卷烟纸，给那娃娃匀上些。

干大拿出书对妈妈说，打些浆子粘好了，还看去。娃娃说是个武打书，好看得很。这书金贵着呢，我答应陪的，也不知会要多少钱？

椅子上蹲着的一个人就说，粘好了能看就行了，要钱做啥，又不钻到钱眼里去？

我发现说话人是赵麻子他大。赵麻子从他背后，伸出头不好意思地说，我就是那么一说，你还当真了？你看去，我也不要你的馍馍和水了，我大都骂过我了。

王老五笑着说，就是，乡里乡亲的，计较那些干啥？再金贵的书也是让人看的。你们好好看啊，看完了给我们讲。

我嗫嚅道，赵麻子，谢谢你……

他爸一下子跳起来骂，谁给我儿起的这外号？他妈的，我让人叫了半辈子麻子，没想到我儿也叫这个。你看他这张碎脸，光堂堂的，哪有一颗麻子嘛？

人们哄地都笑起来。

六

我妈打好了浆子，我和赵小刚爬在小房的炕桌上，一页一页粘书。妹妹趴在窗台上喊，姐姐，成成和他妈来了。

我们忙跑出去，见成成站在门口，不敢进来。他妈正给我妈道歉，这一块钱，给娃赔书的，也不知够不够？不够了我再借了。娃是超子，你们多担待些。

我妈说，你拿回去。书是赵万家的，说了不用陪。成成没卷烟纸，你就给我说，我家娃娃写过的作业本子多着呢。

书粘好了，一群娃娃撅起屁股，分成两堆。一堆看这边，一堆看那边，遇上不认识的字，就嚷嚷查字典；遇上不懂的句子，就囫囵吞枣，先看个大概。大房里，大人们也吵得热火朝天，说打井队，说解放军，说苦水窖，说甜水井……

门环响了，弟弟跌跌绊绊跑过来，兴奋地鼻子都歪了，都快来啊，我爸拉回来了一大铁桶甜水，想喝多少就喝多少。

院子里，到处是喝水的人。拿碗的，拿杯子的，拿马勺的，每个人都敞开肚皮喝，喝饱了，喝胀了……

我喝得直不起身子，坐在门槛上。月亮明晃晃，挂在天上；微风吹着榆树梢，轻轻摆动。有这么甜的水喝，有这么好的书看，有这么多的人在一起，日子幸福的人就想笑。

　　1982 年的一个夏夜，就这样牢牢镌刻在我心深处。很多年过去了，无论身在何处，无论什么样的饮料，无论怎么样的好书，都比不上那夜的水和书。

　　而我，多么感激一个叫做金庸的人，带给山里娃的永恒记忆呢……

我家的巴旦木故事

一

寒风摔打着榆树枝，发出哇唔哇唔的声音。煤油灯下，一群脏兮兮娃娃坐在土炕角落里，边听大人们拉闲话，边互相掐一把拧一把。

弟弟不知怎么就哭了，奶奶在我们每人头上拍一巴掌，恨恨地说，几个土匪，不好好坐着就让野狐子（狐狸）叼了去，顺手把他抱在怀里拍。

我们赶紧停止了小动作，抬起头往外看。雪粒打在窗户纸上，噗噗作响；院子里黑乎乎，鬼魅似乎四处游走。

天真冷啊！所有人挤在一团看不清颜色的被窝里。外婆手里纳着鞋底说，老天爷怕是疯了，把雪都下在咱这里了。奶奶边补袜子边跟着担忧，这么冷，明早上咸菜缸冻破了咋办？也是，在我们这地方，没咸菜缸的日子不敢想象。

母亲赶紧跳下炕，走到墙角，两手抓住缸沿，将咸菜缸滚到火炉边，然后噗噗往手上吹气，她说手冰地没知觉了。

风中似乎传来门响的声音，大家侧耳细听。

他爸回来了，母亲肯定地说，转身跑出去。一会儿，父亲从低矮的木门挤进来，像只大熊，屋里顿时满当当。娃娃们瞅着那陌生熟悉的黑影，大声喊爸爸；灯花惊恐地眨着眼睛，扑闪了好几下，才安稳了下来。

母亲解下头上的绿围巾，使劲扑打着父亲身上的雪。

爸爸笑呵呵，把手里的一个包袱递给奶奶，妈，口外来信了。

白色包袱里鼓鼓囊囊，我们睁大了眼睛。母亲从相框背后取出一把剪刀，又从木柜上拿来筛子递给奶奶。

奶奶脸上突然像夏天沟渠里的水一样，接着鼻涕也下来了。她抓起剪刀，颤颤巍巍剪了几下，才剪开。

一堆黄里带黑的东西哗哗落在筛底，硬硬地壳，尖尖地头。父亲点燃一根烟，蹲在炕头上，从怀里掏出一封信，他说在那边很好，挣了大钱就回来看你。

先别让他回来了，有口饭吃就不错了，回来哪里有活路呢？奶奶忽然放声大哭，我的个碎大（爸爸）呀，咋跑到那么远的地方去了？

外婆拉着她，别嚎了，娃娃在那边游世事呢，守着咱这干山枯岭的就好？听说口外可大了，土地无边，只要有水就能种庄稼，谁家想盖房就盖个房。再说他有心，捎回来的东西咱都没见过的。我们一齐盯着筛子里的那堆东西。

好啥呢？还是受罪呢。听说夏天鸡蛋都能烤熟，冬天风刮起来满摊的石头跑。但奶奶不哭了，开始看筛子里的东西。

不好，那么多跑口外的人，咋没见一个回来？听说钱也好挣，人也松活。你那个碎儿子能说会写，一定会挣了大钱接你去口外的，外婆肯定地说。

这东西叫啥？奶奶终于把话题转到了那堆东西上。我们眼睛都盯酸了。

父亲忙说，好像叫巴萨木，是吃的东西。妈，你尝尝。

奶奶拿起一颗，看了半天，就像个杏核（hu）子，也不知道咋吃？

是咬开吃的吧，母亲插了一句。

先让你妈尝尝看，奶奶扫了一眼母亲。外婆推辞了半天，拿起一颗掰开，咬了一口，哎呀，胡好吃呢，比核桃还好吃，你也赶紧尝尝。

奶奶也咬了一口，还真好吃。给娃娃们散些，剩下的放着，来了人也是个门面。母亲嗯了一声，在这家里，奶奶永远是掌柜的。

娃娃们每人分到了三颗，大姐吃了一颗，真好吃呀，我以后也要去口外。

我舍不得吃，握在手里看过来看过去。黄灿灿的壳上，有的花纹凸凹不平，有的光滑细腻。我记住了一个叫口外的地方（后来才知道口外就是新疆）还想起了小叔。他瘦瘦的，高高的，脸白白的，在家也很少出门，总是在另一孔窑洞里躺着，低声漫着花儿：院子里长的是绿韭菜，不要割呀，你让它溜溜地长着……

但我还是忍不住，吃了一颗，在咸香中睡着了。梦里，那黄灿灿的东西，在空旷无边的土地上，堆着好大好大的一堆。

二

又一年的傍晚，大房炕上满是人。叔叔和小婶子立在炕边，脸上堆着笑，回答着各种问话。他们是从口外回来的，奶奶高兴地走路都带着风。

我趴在玻璃窗外看，桌上摆着葡萄干巴旦木，还有鲜艳的羊毛披肩盖头纱丽。一个眼睛大大的眼睫毛长长的小妹妹坐在炕沿边。

奶奶对母亲说，你把这东西给伊斯马家拿去些。她男人到口外几年了，没个音讯，他家二娃子又是个罗锅，日子难肠地很。听说这东西能治佝偻。哎，也就是个念想。

母亲答应了一声，拿起一包东西，喊我给她作伴。

现在我们都知道那东西叫巴旦木，是南疆产的一种坚果。每个从新疆回来的人，都会带着它。

我们到了邻居家时，一家五口人正吃饭。小小饭桌上只有一大盆煮熟的土豆，一小碟腌韭菜，一小碗咸盐。伊斯马妈妈招呼我们坐下，就开始了哭诉。母亲拉住她手，劝说着，两个女人声音低低地叽叽呱呱。

伊斯马站起来走了出去，任凭他妈喊了半天。罗锅弟弟抓起几个巴旦木，也一趟子跑远了。

我百无聊赖，走出来，就见伊斯马在一大颗野生枸杞树下坐着，手里扯着长长的枝条，望着天上弯弯的月亮。我坐下来，他看都不看我一眼，只说，我想去口外找我大去，听人说他在那边又有了女人。我得问问他把我们娘几个咋办？

我看着黑瘦干瘪的他，没钱怎么去？

我去扒火车。和我一起放羊的张老汉说，他孙子就是扒火车去的，咱这里人上口外，都这样。听说只要爬上煤车，要不了几天就能到伊犁。到那里，就能找到我大了。

他正说着，他妈扯开嗓子喊，伊斯马，给你几个巴旦木吃。这口外的东西，好吃地很。

不吃，伊斯马脖子一拧。

他妈也生气了，看把你能的，要有这本事你就不在家里天天闹腾我了。你就和你那个大一样，不是个好东西。爷俩一个种，除了会往外跑，还能干啥？接着一瘸一拐走远了。

不要把我和他放一起说，我就不是他儿，伊斯马脾气像个鼓，越说声音越大。

我小声说，别这样，那是你妈。

他眼泪刷地掉下来，我恨死我大了，她还偏偏这样说。说他干啥，死在口外才好呢。我瞅着她一天到晚苦死苦活地样子，心里难过啊。有时就想抓住啥东西打一顿。我到了口外，先买一大堆的巴旦木，天天吃，顿顿吃，边吃边看。

母亲走了出来，大声喊我回家，我只好站起来跟她走。心里像堵了块石头，不知道伊斯马最终有没有吃巴旦木。起风了，乌云卷了过来，夜幕完全遮住了天空。伊斯马妈弯腰驼背，背起一捆柴火，慢慢走了过去。

春天来了，风一刮起来，天空就变成个巨大的土黄色罩子。沙尘暴来了，人人嘴里塞满了沙土，一说话碜得慌。上学路上，我见很多大人手里拿白布拉着架子车跑，心想谁家又出了事了。

这一春，有很多人死了。村口林家的大哥玩雷管，被炸死在塌陷的瓦窑里；街上跑了几十年的傻子成成，忽然吊死在自家窑门上；大爹天天拿着羊铲挖地，肚子疼在地上歇了一会儿，就躺倒再也没能起来。

奶奶叹息着，老天爷憷（发怒）了，这是要收人呢。她明显老多了，天天发愁自己怎么死。

放学回来时，就见伊斯马妈在水窖边，撕心裂肺地哭。全村人围在一起指指点点。伊斯马浑身裹了白布，被架子车拉回来了。听说他扒火车时掉了下来，落在铁轨边，被去新疆的火车碾成了薄薄一片。

我常常会梦见他，手里拿着一些东西，笑嘻嘻地走过来，给，给你巴旦木吃。我大叫一声醒过来，浑身全是汗。

三

一进门，就见桌上放着很多东西，还有一沓钱。大妈哭红了眼，我知道她难受，看见这些东西更难过。

是大姐捎来的东西，她终于完成了少女时的心愿，在石河子工作了，一起去的，还有很多同学。

大妈看一眼巴旦木抹一把泪，都怪我们没本事，她才跑到那么远的地方去，以后想浪个娘家也回不来啊，有个娃娃还不断了路？但凡有一点奈何，也不会让个女娃娃去口外的。

我们悄悄地看大姐照片，她更漂亮了，背景有蓝天白云，草原树林。

能有多远呢？火车坐上几天就到了，母亲在劝她。娃娃去了，有了工作，见了大世面，多好。

小妹妹乖巧地拿起一颗巴旦木，递到她嘴边，大妈你吃你吃。

大妈搂紧她，我不吃，别说这个东西，就是生金子我也不稀罕。

年头节下，大姐都会邮寄东西回来，吃穿用物、棉花糖果、各种瓜干，最多的还是巴旦木。

那地方还真不错呢，你看娃娃捎回来这么多的好东西。说这话时，已是两年后，大妈坐在门口大榆树下，很多人围着她，望着她身上的花衣服，手上的金戒指，羡慕极了。这口外就是好啊，看你家女子多孝顺，真是没白养一场。

她越发高兴了，口袋里揣着几颗巴旦木四处炫耀，人家说这东西是从外国传过来的，在唐朝咱国家就种着了，说吃了能长生不老呢。但后来她就不说了，多好的东西也没女儿在身边好，大家看着她花白的头发，跟着叹气。

四

大姐终于回老家来了，还带着一个长得很像周润发的男孩。弟弟只看了一眼就说，简直就是周润发二嘛。那时候，电视上天天演《英雄本色》，他正对周润发三迷五道，动不动就学小马哥的样子说话。

礼品摆了一桌子，但没人吃。大姐把周润发二瞅过来瞅过去，瞅得他坐在凳上不出一声。

人长得周正，性格也好，工作是教师，大姐看过眼的一般没什么差池，她从小就有主见。但还是有点遗憾，周润发二不但是新疆人，还是个维族。这要是被其他人知道，还不翻了天？如花似玉的汉族女子，嫁了个维族小伙，真叫乱了套。

大妈躺在炕上不吃饭不说话，捂着被子只说心口疼。大爹倒是忙忙碌碌风风火火，喊我们买肉做饭招呼不是客人的客人。

睡了一天后，大妈还是起来了，沉着脸开始做棉被，缝褥子，纳布鞋，在鞋垫上扎上各种花，一针一线，一横一竖缝进去多少的不放心和无奈，只有她自己知道。

过了几天，大姐和她的周润发二走了。大妈常常一言不发，看着桌上的那些杏核一样的干果，笑容减了很多。

五

大姐来信说接母亲去口外带孩子。大妈毫不犹豫，大包小包地上口外了。

再后来，大妈从新疆背回来一个黑黝黝的娃娃，满脸掩饰不住的笑意，说那地方地广人少东西好，说哈密瓜甜得像蜜糖，说葡萄多得掉串串，说巴旦木四处都是，还说牛羊肉论公斤称。最重要的，是孙子名字叫疆疆。

疆疆爱哭闹，总是癞蛤蟆一样长在大妈背上。家中情况已今非昔比。我父母早都住进了楼房，大妈大爹也一样。大家天南地北工作生活着，身体健康，家庭和睦。大姐姐夫虽然民族不同，但日子过得热腾腾。小疆疆想妈妈时，据说大妈总会给他一把巴旦木嚼。

家乡有了直通伊犁的卧铺，有了直达的飞机；从上海西到乌鲁木齐的火车永远畅通无阻，大姐想回家，也不过一两天时间。

六

我们一家十几口，踏上去往新疆的列车，终于来到了生长巴旦木的地方。

在疆的十多天里，我们在石河子在阜康在奎屯在伊犁在莎车，见了色彩艳丽的五彩池，见了荒凉沧桑的魔鬼城，见了人间仙境般的喀纳斯；还见了宽大无边的棉田、大片大片的薰衣草、黑油冒泡的小油田、长满苹果树的街道、硕果累累的葡萄园；更重要的是，见到了神往已久的巴旦木树。

一颗颗不高的杏树上，长着许多阔大的桃叶，累累的果实像未嫁接的野桃，形状偏扁，饱满润泽。周润发二介绍说，巴旦木的历史可以追溯到唐代，来自波斯国。无论在乌鲁木齐的大巴扎上，还是在阜康郊外的小巴扎里，都能看到热情好客的维族人，守着一堆堆干果，大声吆喝着，尝尝嘛，好吃地很啊。

在莎车的集市上，我们站在卖干果的驴车边休息，身穿阿凡提大衣的大叔抓起巴旦木，热情地说，你们吃嘛。送你们的。

大家被那天真纯洁的笑容感动了，被友好热情的善意打动了，每人买了一大包，然后拿着阿凡提大叔送的一大包葡萄干，一路奔驰一路感叹。

七

时间飞逝，岁月荏苒，如今，大家小家都已融入时代的洪流。时至今日，我家的巴旦木故事依然继续。一代代口内口外人，一个个内地人新疆人，被一种叫做巴旦木的东西牵在一起，在民族团结共同繁荣的道路上，越走越坚实。在酸甜苦辣的味道中，更多了甜蜜与美好，感恩和珍惜，富足快乐和美好幸福。

第二辑　如今的今

丙申年事

归乡

年在各种纠结中姗姗到来，丙申为金猴，媒体渲染了大半年，耗资无数，可到了除夕夜，联欢晚会一眼没看，抢抢红包就过去了，倒是各台上演的八七版《西游记》非常火爆，让人越发回忆起从前的浓浓年味来。

人在酒海肉林中泡了一场又一场，腰围粗了一圈又一圈，在无奈尴尬中吃喝玩乐，貌似高兴实则不堪。初五，一场厚雪毫无征兆地降落，冰雪覆盖，四野皑皑，接到家门侄孙即将婚礼的电话，父亲一改平日诸事不强求的习惯，说是天上下刀子也得回去，是要求也是命令。

在此，有必要解释一下老家的地理历史位置。从西安驱车往北，一百多公里车程后，穿过甘肃平凉静宁，便到了宁夏固原。这里自古为丝绸之路，也是历代兵家必争之地，旧名萧关，以回汉杂居、人口密度大、民风剽悍、干旱少雨、贫穷落后而甲天下，也是王维的"大漠孤烟直，长河落日圆"描摹的塞上。

沿着银平路继续南行六十多公里，会看到一片土色泛红的平原，相传为杨六郎驻守边关的第七个营地，就是我的老家。区域划分的缘故，已成为另一座城市的一个乡镇。我们已很久没回来过了。

父亲很早就在外工作，老家事务很少参与，年已七十的他，此次却格外热心，大约是越老越怀念家乡的原因吧，一路上，他说了很多关于家族和亲人之间盘根错节的事，许多我们都从来没有听说过。但这样的天，开车坐车真是战战兢兢，加上一路亲见车祸无数，惨象丛生，我们嘴上不说心里有点抱怨，好在几个小时后，终于平安抵达。

一车人身热脸红，下车观望。新修的公路上车来车往，人群熙攘。两边矗立着新修的小楼，高高低低，积木般错杂，色彩杂乱，形状各异。不远处，谁家孩子在玩鞭炮，噼里啪啦声震耳欲聋。恍然身处某个电影场景，这是老家？父亲更是惊骇，日思夜想的这块红胶泥土地上，全然没了作为故乡应有的踪迹，以至他站在生活过几十年的地方，也找不到门前的那条小路、熟悉的乡邻四舍院落了。他张大嘴站着，如归途的倦鸟，没了大树又何来旧巢？

我想起年前聚会时，一个身在广州的朋友诉说自己的遭遇：几年未回老家的他，带着妻子儿女，拖着大包小包在村口下了车，想给家人一个惊喜。忽然发现整个村庄连同附近的小山都变成了一片平整的土地。他拨通母亲电话，妈，咱家哪里去了？咋成了这样？说起当时的情景，他有些伤感。现在，我们也和他一样了。

沿着新路向下，转过一幢高楼，一条废弃的公路出现在眼前，父亲激动地跌跌撞撞，到了，到了。这条离我家不过五十米的公路，曾经一年四季车流滚滚忙碌嘈杂，春有柳树相遮，夏有瓜果飘香，秋来到处是待碾的粮食，冬来白雪铺地，如今老了废弃了，成了肮脏的坑坑洼洼的土路，加上冰天雪地，更显破烂不堪。

　　天气很冷，穿少了衣服，大家在寒风里瑟瑟发抖。堂弟接了电话后急忙赶来。他本来身体单薄，几年不见越发瘦弱矮小，头发也花了，才三十多岁已显出老相来。他是我们家唯一留在农村的人。小两口吃苦耐劳，能守得住家，现在有几百平方的楼房，有自己的装修公司，日子热腾腾，是家族里公认的顶梁柱。我们在外这么多年，大小事都是他照应，维系着日渐淡漠的亲情。对他，我们加倍疼爱满怀尊敬。

　　沿着公路往前，不远处就是新开发的市场。大年初五，本以为生意冷清，人也稀少，但转过路口令我们大吃一惊，到处是人。色彩鲜艳的包装纸，裹着各种来历不明的糖果；煮熟的肥大烧鸡，搁在尘土飞扬的木板上；铝制钢精锅里热气腾腾，"包子包子"四个字在寒风里传递着暖意；花布鞭炮水果油饼馓子麻花等，摆满了摊位；也不知道谁吃谁买，总之集市在脏兮兮中呈现出一片繁荣。带着大棉帽裹着羽绒服的摊主，不停地跺脚看手机，这样的日子，用不着高声吆喝，四处闲逛的人不是来抢购而是来消闲的，和赶庙会差不多。

　　堂弟边走边解释，这是谁家铺面那是谁家高楼，说这几年，留在村里的人几乎都发了财，征地款退耕还林农业补贴，加上做生意，日子比几年前好得多。接着叹了口气，日子好了风气坏了，就掐指头算，谁家发了家没守住败了家，谁家儿女不孝顺父母上吊死了，谁家放高利贷曾富名在外现在却举家外逃。

　　路过一个摊位，他指着一个人说你老同学，又悄悄说现在资产已有百万。我仔细辨识，他肥胖矮小，裹着厚帽子，黑红的脸蛋上胡子拉碴，俨然一个陌生人。他抬头看我们，笑着问，回来了？！长满冻疮的手，摁的计算器直叫唤。我忙点头。我记得当年他写得一笔好字，是个非常整洁的人。现在他站在街头的样子，颠覆了我关于金钱和生活品质的认知。我边走边回头，看那个眯眯眼笑嘻嘻的男人，眼前又出现出他背诵

《出师表》的样子。

提着包包蛋蛋，我们去看望家族里最年长的老人二爹。在一个新院前，正好遇见了老人家。他脸上堆满了皱纹，一撮山羊胡也白了，但精神矍铄，真是欣慰。这个活了近一个世纪的人，和门前那颗榆树一样，久经风霜，年年春来发芽秋来落叶。他这一生，半为坎坷半是平顺，年轻时因不识字糊里糊涂参加了五道门，还被封为营长，后来定为反革命关押了几年。余后的几十年里，一贯慈眉善眼，谨慎谦和与世无争，繁衍了几十个儿孙，算得上德高望重了。他忙和父亲互相问候，说一些客套话，我们上前拜年，他很高兴，笑嘻嘻地叫我们的小名，一点也不乱。

家门

在西海固农村，家族也叫家门。它是农耕社会最基本的单位，是最具典型意义的图谱、颇具震慑力的道德模本。农村走出去的人，对家门的记忆，应是一个个事件和各种利益交织的影像，如今分散为小家庭，虽说威力大不如从前，但人们还是借助年头节下、红白喜事维系着这种传承了几千年的亲情关系。

百年前，爷爷从山西到宁夏，先在固原扎根后又到乡镇做生意，虽说有两个铺面两顷土地，终究是外乡人，要在本地扎根发芽，需要依附于大户望族。本地高家有弟兄六人，算是人多势重，加之多年的长工短工来往，遂结为家门，成了毫无血缘关系的亲人。爷爷被尊为长辈，其他人同父亲一辈，这就是我们今天必须回来的原因。

高氏族系相对整齐，爷爷是大辈，接下来有同辈五人（留在山西的伯伯除外），因同父异母和同母异父的错综，也遗留了很多的隔阂隐患。

先说爷爷吧。他是山西运城人，一生娶妻三个。大奶奶生大伯时难产，二奶奶没有生养，留在山西拉扯着大伯，直到二十世纪八十年代才去世。三奶奶就是我奶奶，是爷爷定居宁夏后娶的寡妇。奶奶结婚时带来了韩姓的一儿一女，后来又生了两男两女。七个孩子分别在山西宁夏两地，期间也有无数的情感纠葛。尽管年代久远，至今有些事仍有无法调和的遗憾。

再说大爹。印象中他手里永远拄着拐杖。海原大地震时，他被压瘸了一只腿。他先后娶了两个妻子。前妻留下一个儿子后去世，后妻比他小十几岁，生了六个女儿。

二爹原本有六个儿子，最小的换给十里外有六个女儿的人家，所以现有五男一女。三爹有两女三男。他是邮递员，后来儿女均在邮电局上班。我父亲有五女一男，长大后分散在天南地北。叔叔最小，也有两女两男。

因非真正的亲缘，在几十年的交往中，关系总有些微妙，所以大家在尽力维护表面的亲近外，也有很多不能言说的小心翼翼。小时候我们曾一度被二爹家的孙子欺负，上下学不让走路，动不动放狗咬人，回家时给父母告状，他们气归气但会谆谆教诲，千万不能说不利于家族团结的话，不能干不利于团结的事，不然别人笑话。那时候觉得父母有些怕事，现在想来一份亲情的维护，是需要忍受无数的委屈才能换来承认与尊重。

家门户族大了事情就多，你说鼻子他说脸，茎茎蔓蔓地说不清。父亲常年在外工作，很少参与农村生活本身，叔叔一辈子在农村，所以对家门里的任何人任何事从不怠慢，总当作自家事一样去对待。他们的思维方式完全不一样，加之各种小事，弟兄二人渐生芥蒂，以至于几十年的日子里，基本上处于冷战状态。好在我们长大后，能够包容理解换位思考，对许多细节过程忽略不计，这样老人们的关系越来越好，大家族其乐融融，一团和气。

乡人

二爹和我们一起去他孙子家。帐篷里站满了人，我们一一上前问候。

那些曾经意气风发的乡亲们，现在都老了，人活一世草木一秋，真正到秋字上了。他们深知属于自己的时代早已过去，也就没了脾气少了斗志，有空就聚在一起，打牌晒暖暖，抽烟喝茶，说儿孙比年龄，互相勉励要康健明智，不要给儿女增添负担。

我一眼能认出来的人是王老五。记忆中的他粗声大嗓，黑胖健硕，走起路来脚下生风。当他站在街口，一见我就问老大老二时，或者提起我高高抛起时，我就吓得哇哇哭。大人们都哈哈笑这娃胆小，而我不知道咋那么怕他。现在的他，矮小了很多，也没了当年的豪气霸气，坐在凳子上，和蔼地和我们打招呼，慈祥如老奶奶。他和他身边的人，动作缓慢，神情安详，臃肿衰老，成了乡村的标配。

小时候最恐惧的事一一涌上心头。除了怕王老五，我还怕二哥家的黑狗。每次上下学回家，经过那条小巷，只要门环一响，它就黑毛倒竖，呼呼跑过来，我立马哇哇大哭，那叫一个魂飞魄散。还有沈姨妈家的墙头，真是个梦魇。姨妈和姨夫关系非常好，姨夫车祸后，据说曾借身传言（一种解释不清的灵异现象），说他每天都坐在墙头上看着娘几个过日子，于是我很多年也不敢正视那个墙头。那是一种难以言状的惶惑，深到骨髓的恐惧。一个人一只狗一个墙头，让我时隔多年还心有余悸。这些植入内心的东西，便是原生家庭和原生环境赐予我们的礼物吧？背负着它们，无论走到多远，也不会忘记自己出自何方去往何处的。

这些年，农村的变化，既有物质繁荣生活富足的巨变，也有物欲横流金钱至上的迷失。大家聊起村里这几年的变化，都说社会好了可一些古怪离奇的事却多了。这几年自杀的，他杀的，失踪不见的，病重不治而亡的，救治后依然离开的人很多，人世的荒凉，在天灾人祸面前便揭开残酷的面纱。

最让我震惊的是表姐去世的消息。她是大姑家的小女儿，和我同岁，是个柔弱温顺，从不多事也从不多话的好女子。婚后生儿育女伺候公婆，任劳任怨，都说是好媳妇，可从生病到去世，婆家人只在本地的小医院里输液挂针，等待着末日来临。娘家人凑了钱准备带外地检查一次，也被告知不允许，最终在遗憾中走了。让人悲哀的不是她的病情，而是直到闭眼也不清楚真正的病因。当然这些话是传言，只是一面之词，但面对疾病困苦，亲情尚且单薄，遑论爱情的恒久？一个人在世间来过一遭，就那么走了，无声无息，仿若草芥。

人们说谁家女子因男人有了外遇上吊自杀了，谁家男人因看见微信里的聊天记录杀了妻子；谁家女儿出走了这么多年也不见回家看看，还有谁家儿子外出打工，一年换一个媳妇带回家……我只是听听，怔了好长时间。

一些关于童年的美好场景徐徐而过，一个个曾经鲜活的影子扑面而来，一个个姣好的面容就在眼前，我和他们，曾一起玩耍上学，一起摘豆角西瓜，一起挨过母亲的笤帚疙瘩。那些星月下在河滩看瓜偷瓜的经历，晨曦中抢摘半开半闭黄花的画面，向日葵地里偷摘成熟花盘的细节以及香水梨树下会意一笑的场景，连同内心的秘密，一同散去了。有些人已怀着满身的凄怆，走向黄土深处，此岸彼岸了。

赌博

乡村依然还是乡村，物却不是原来的物了，一些东西勉强存在，一些东西却早已变质。亲情的淡薄，世事的无奈，人情礼道的变化让人瞠目结舌，但更令我无法理解的，是乡村精神的空虚与迷茫。

此次回乡，触目惊心的倒不是老弱病残的留守，而是赌博、高利贷的泛滥，可以说在乡村，它们已成为比毒品更严重的隐患。

我从小生活的乡镇，虽地处西北乡村却是一个大镇，历来为富庶之地。整个镇子呈"井"字状，狭长的南北走向的一条街道，以马家沟为界分为南队北队，又以公路为界划为东队西队。四个队相比，南队人见多识广头脑活泛，外出工作的多，紧跟时代的脚步发展经济，堪为全镇楷模。那时候本村女子很少出庄，而能嫁进来的姑娘，都是模样俊俏针线茶饭过人的，尤其是最南边的一些人家，俗称"南头子"，经济条件更好。而其他队就少了点富庶之家的大气和倨傲，他们老实本分稳重内敛，农人品质更浓一些。

我们南头子人和城市人相比，虽少了些身份地位，但是典型的比上不足比下有余。据父亲说，最早盖砖木结构大上房的，最早有日本原装的索尼电视机、红梅牌录音机的，早早就使用双鸥牌洗衣机的，都是南头子人家。而镇上最早成立公司有家族企业的李家，也在南头子。我还记得表哥等一帮子年轻人，烫着高高的卷发，穿着能扫路面的喇叭裤，骑着自行车提着砖头录音机，在大场里跳舞的情景。可几十年过去了，南头子的后代却很少有人能守住家业的。准确地说，除了在外工作的人，几乎都被赌博和高利贷卷进了漩涡。

当赌博之风蔓延到村庄时，年轻人对它报以最大的热爱和痴迷，中年人更疯狂，老年人也参与，整个村庄就像个巨大的赌场，据说有人甚至靠这个过日子。现在无论农忙还是农闲，到处都是玩赌的人。年头节下，更是赌博的温床，只要谁家有红白喜事，谁家便是公开的赌博场所，小到一两元的"炸金花"，大到几万的"摇宝"，方法多种多样，而且是吃喝玩乐一条龙服务。有人远远跑来随礼，结果连礼钱都输掉了。安然敦厚、朴实节俭的庄风荡然无存。代之而来的是老人凑在一起掀牛九、抹花花（赌博的形式），中年人捉鸟鸟、打麻将，年轻人炸金花、翻顺子。最受污染的是小孩子，一毛钱两毛钱的凑起来也玩。守得住的东西越来越少，败家的人越来越多，整个南头子，不，整个农村，空气里都弥漫着一股骰子的气息。

打工族更是不例外。许多人名义上说过年回家，实则在家的时间很少，更不用说陪伴老人孩子了。大大小小的聚会，均以酒肉开场赌博结束，一年到头赚的几个辛苦钱，在胡吃海喝和赌场上输完输尽，然后很有面子地坐着火车客车，继续去异乡打拼。

我在一个亲人的丧礼上，亲眼见各种赌场从早到晚就没停过。隆重的乡村丧葬仪式，已被巧取豪夺冲淡了悲伤缅怀的气氛。夜晚，停放尸体的灵堂里坐满了打麻将的。昏黄的灯光下，土炕上，一群被赌博冲昏了头脑的人；地上，静静躺着裹了红布盖了白纸的亡人。而亡者的几个女儿，一个个站在玩耍的女婿身后，嘻嘻哈哈，指指点点。

高利贷

赌博带来的直接后果是诚信的荡然无存。人们对暴利的向往歆慕成为常态，对钱财的来历不闻不问，有钱就赌博无钱就借贷，这样的环境催生了高利贷行业的欣欣向荣。我家乡早年就以"板客"（高利贷）远近闻名，"放板"的都是些不务正业吃喝嫖赌坑蒙拐骗的人。过去有这样名声的人家，连个媳妇也娶不回来，如今却被当作有本事而津津称道。这种情况下，滋生的各种骗局就屡见不鲜。

如果说赌博刮光了人们的腰包，那么高利贷就榨尽了所有人的血汗。在南头子，没一户不被非法集资的高额利润所诱惑，几乎每家都有被人骗，甚至还出现了女婿骗丈人、外甥骗舅舅、儿女骗父母的例子。

在人们的叙述中，我记得了那个高而瘦的老人。他从来都神色威严，端端正正地坐在街口，或拄着双拐走路。他的左腿从大腿上断了。有人说是朝鲜战场上被美军炮弹击中的，也有人说是送军需的路上被流弹打中的，不管怎么样，他都是块时代的碑石。我曾满怀敬畏，看他发白的军装上硕大毛主席头像，还有各种奖章，但这块碑石，老了老了却非常爱钱，以节俭吝啬而出名。据说他每天和老婆吵架，因为她做饭时放多了油盐酱醋；也和儿媳吵，因为她把面汤拿去喂了猪。每逢集日，他背着个破背篓，去捡拾烂菜叶菜帮，左裤腿空荡荡，在风中一晃一晃。人人都说他的十七万真是从牙缝里省下的血汗钱啊，却被最信任的女婿诱骗出来放了高利贷。"放板"（高利贷）的断了资金链，跑到外地躲了起来。女儿见老父亲的钱本息全无，吵着闹着要离婚，女婿没办法，也走了外面，打工度日。老人原以为自己的钱会生钱，结果打了水漂，悔恨万分，躺在床上白天骂黑夜骂，可钱也骂不回来了。一个傍晚，他爬起来，拄着拐杖，跑了好几个农药店，选了瓶便宜的农药，喝了，死了。

还有外甥骗舅舅钱的。舅舅是个勤快人细致人，干瘦弱小，厚道本分，不但手巧心灵，会收拾各种电器，而且乐于助人。关于他还有个笑话。说他当年拾掇好了村里的手扶拖拉机，支书为了奖励，给了一碗羊羔肉和一个油饼，广播里正播送林彪摔死在温都尔汗的消息，他气愤地骂，这个林彪顿顿吃的是油饼羊羔肉，还反主席？平日里，他从早到晚都在忙活。一有空闲就帮各家换灯泡修电闸，把坏的东西收拾好，全街人说起他，均满怀敬意。可就是这个临去世都舍不得吃碗羊羔肉的老人，这个一辈子没穿过一百元以上衣服的老人，被亲亲的外甥骗去了养老钱棺材钱。他相信外甥是绝不会骗舅舅的，几年后本息四十万，被外甥以画饼的方式骗了去，对他来说，天文数字成了羞愧的见证。尽管儿女们凑钱给他在城里买了楼房，但这个一辈子受人尊敬的人，不长时间就死了。

我是在无限震惊中听到这个消息的：五十三他大上吊死了。印象中，那个弯腰驼背的老汉，每天拽着架子车去拉草，从来都沉默寡言不声不响。五十三，单凭儿子的名字就知道是老来得子，能想象到的各种溺爱。

据说他连旱烟都舍不得抽，每次烟瘾上来就卷些玉米叶糜子叶充当烟丝。一辈子安分守己的他，原指望卖了老宅，儿子会给他盖个一松到顶的大上房，谁知儿子将这些钱拿去放了高利贷，不但赔光了还欠债几十万。听到这个消息他晕倒在地，口吐鲜血，没多久就吊死在沟里的一根废电线杆上。他是怕自己活着，给儿子添负担。

真离婚的，假离婚的；妻离子散的，无家可归的；同学亲人同事，朋友师长姐妹；一个个被牵连了进去，一个个被卷入赌博的漩涡。现在的人，钱财上谁都不能相信。不管子女孙子还是亲戚朋友，只能信自己，叔叔说这句话时，发白的胡子颤抖不已，

彩礼

人们屏住呼吸，边窃窃私语边看媒人从一个灰色包里掏东西。

一摞摞的崭新百元大钞，被捆扎得整整齐齐，摆在桌子上。细心的婆家人还在每捆上加了粉色缎带，扎成蝴蝶样。远远看去，一群粉红色蝴蝶在玻璃桌上围成一团，振翅欲飞。黑脸男人掏出十捆后，速度就慢了下来，仿佛为了配合人们的紧张情绪。屋里所有人都跟着他手势默默数着，十五，十六，十七，十八，十九……二十。

旧布包完成了任务，被抛在软软的沙发上。媒人直起身子，满面红光地说，亲戚们都看一看啊，这是婆家人的诚心，不多不少，二十万。说多也不多，说少也不少……

人们没耐心听他舌吐莲花，心情复杂地笑着，暗暗想娘家人该怎么说才不丢人该退回多少钱才合适，因为怎么说怎么做，直接关系着整个家族的脸面。

一个管事的走上前说，婆家人这么诚心，我们娘家人脸上也有光啊，不过不管拿来多少，都是娃娃们的。如今是他们的世事，咱们这些大人

不过跟着空欢喜一场。照老规矩，娘家也应退回一点，咱不看也不数，就直接给女婿娃买双皮鞋吧。他顺手捡起一捆，随意抽出一沓，塞到脸红脖子粗的男孩口袋里。

媒人又拿起一个大大的首饰盒，说道，结上一门好亲，娶了个好媳妇，婆家人也高兴啊。这俩娃有福气，父母把啥都给准备好了。亲戚们再看看，这里有六十克黄金二十克白金，具体叫些啥咱也不懂，反正都是女人手上戴的脖子上挎的耳朵上吊的。他又指着旁边一堆花花绿绿包裹，这里还有十身衣服，从里到外都有；八色礼品都成双成对，连肉方都是两块。你们看还缺点啥？

娘家人知道这是谦虚话，忙说，够了够了。婆家爽快大方，一看就是好家道，我家的娃娃有福气啊。

一对孩子趴下来，木偶似的，面对着桌子磕了三个头，然后站起来看着各自的母亲。他们年龄还小，男孩子不过十六，女孩子不过十五，还习惯于凡事听父母指示。母亲们呢？用眼睛指挥着满脸稚气的孩子。

仪式进行完了，人们不停地啧啧，瞧瞧人家这订婚仪式，多长脸啊。生儿子的人就皱眉不展，现在彩礼越来越高了，一个媳妇子娶进门，至少得五六十万，真是愁啊！生女儿的人自有一番道理，水涨船高嘛，也没办法。彩礼要的少了，人家还说咱的女子不值钱，过了门也不当回事。现在的娃娃手机一拿，天南地北的人都搭得上话，没有彩礼保障，谁知道以后会出啥事呢？多要点也好，以后有点啥事，不疼人还心疼钱呢，男方也不敢轻易离婚的。

厨房里，一群女人们在高声说笑。一个白发的老人感慨万分，我当年逃荒，妈妈饿死了大大饿昏了，人家背来半背篓洋芋一碗黄米，就做了童养媳。另一女人接茬，我那时也要了礼钱，不过是三块六毛钱。娶亲那天是骑着个老驴到婆家来的。人们大笑，各自回忆着自己的彩礼及婚嫁过程，然后说还是现在的社会好，女娃也值钱。后悔那时没多养几个女儿，虽说小时拉扯困难些，可长大了就有福了。

在农村，这样的订婚仪式，腊月里几乎天天上演。快过年了，人们闲了，打工的孩子也回家了，得抓紧时间为他们配婚嫁娶。山川村野大抵是同样的场景：高高低低一堆钱，花花绿绿一堆衣服，黄的白的一撮珠宝，喜笑颜开的一群人，一方发愁一方高兴的父母；不同的是穷富不均的两个家庭，见面不到几次还完全陌生的两个年轻人。

闪婚、攀比蔚然成风，乡人们已司空见惯，见奇不怪。在他们看来人活一辈子，脸面最大，为婚丧嫁娶四处借钱甚至借高利贷的家庭比比皆是。照惯例，订婚后不多几天，便要进行婚礼。一场奢靡虚饰的豪华婚礼过后，便是数目不少的债务和杂七杂八的琐事。

这样的恶果之一便是年轻夫妻刚走进婚姻生活，便要面对太多的不堪。年龄太小，不会处理人际关系，负债累累，现实使矛盾四起冲突不断，一幕幕家庭剧不停上演。他们为谁干多了家务争吵打架，为有小孩不会照顾而互相埋怨，为还债躲债而牢骚遍地，双方都不相让，怨气戾气弥漫，加上现在独生子女多，从小都被父母千般宠爱，稍有矛盾就迅速告知父母。双方家长直接参与进来，使矛盾升级，甚至会牵连到两个家族。夫妻反目，出轨暴力，离婚率高涨，各种凶杀案灭门案等恶性事件的背后，都是金钱惹祸端。

从几十元到几千元，再从几万到如今的几十万，彩礼越来越多，婚嫁的成本越来越高，隔在有情男女之间的银河，惟有金钱才能搭起一条长桥。有的人家，孩子都几岁了，还在还彩礼钱；有的人家，明明夫妻三观相差太大，也只能维持现状不敢离婚。

从理论上来讲，时代的车轮滚滚，男女选择婚姻的机会应该更多，自由度更大，但因为金钱架起的天堑，在农村，包办婚姻依然占据着主流。还有种奇怪的现象，从小在家的读书少的女娃彩礼偏高，文化程度相对高在城市打工的女娃却较低。问其原因，原来人们认为在家的见世面少受污染少，会静下心来过日子；在外的女娃已逛野了，娶过来不一定能安分守己。

在村里，边走边看，我感慨订婚现场的荒诞，惊讶天价彩礼的泛滥，震惊以爱情为基础的婚姻几近于赤裸裸的人口买卖。

土地

大地无言，始终以不变的步伐，迎接着人类的千变万化。

沿着黄灌渠往前，东西山之间是一片宽阔的平原。连片的农田，平展展的土地，被白雪覆盖着，一望无垠。位于六盘山脉平原地带的这块平原，四季分明，土地肥沃，是西海固不可多得的产粮区。小时听老人讲"古今"（神话传说），说这是乾隆帝金口玉牙敕封的"米粮川"。无数的乡邻，在这里春天播种夏天拔草，秋天收割冬天收藏，它也是游子梦里最美好的一页。

我曾一次次为生长在这片土地而自豪骄傲，也为能过上富足的生活庆幸。如今，一眼望去，满眼荒芜辽寂。弟弟说镇子周边的土地依照利用价值划分为几种：离公路和街道近的，价值百倍，变成了黄金地段的摊位、高低不一的小楼；稍远一点的因有可能征发征用，而备受重视；更远的，即使是最肥沃的耕地，也被废弃，无人耕种，以白头宫女说玄宗的心态，哀怨属于自己的辉煌时代。

一种新的荒凉，在乡土的现代化进程中弥散。这场大雪，对长期靠天吃饭的干涸土地来说，本为一件幸事，可没人表现出过多的兴奋。我和老人们攀谈起来，他们都说，现在种的是懒庄稼。就拿玉米来说吧，播种时有机器铺塑料薄膜播撒种子，拔草放水时有人上门服务，收获时收割机可代替一切，而且第一年铺的塑料薄膜，第二年第三年照样可使用。即使这样，还是没人愿意种地。

一方面，现代化进程带来了生活的安逸，机械耕作（只在播种时去自家地头指一下具体位置）让劳作方式有了极大的改变，机械代替人工，智能代替手工，社会发展的日新月异，科技的飞速进步，本无可厚非，但另一个问题也日凸显出来，对留守在乡村的人而言，精神文化的匮乏是个大问题，不缺吃穿，生活滋润，老老少少无所事事；时间太多，闲人太多，乡村社会呈现出的"繁荣景象"以及"富裕"后的迷失，便是赌博、迷信、高利贷盛行的原因。

　　没有人狂热地热爱土地了，尤其是年轻人！打工、迁徙、异乡、城市、楼房、一夜暴富、金迷纸醉等词语如流行词，渗透到人们骨髓。现代文明给这个不太偏僻的乡镇带来了无限生机，注入了成功励志的血液因子，同时又毫不留情地摧毁了原有的美好。记得《回乡偶书》中，贺知章曾无比惆怅地说，少小离家老大回，乡音无改鬓毛衰。如今，到处是乡音已改的人。夹杂着各种方言，普通话、老院子、小路、麦田、干渠、炊烟混搭在一起，有着不伦不类的滑稽。乡音已改，是好是坏暂且不论，可变了口音，就没了根系；没了根系，就不再属于这块土地。活时远离，死后埋在异地他乡，乡村如断线的风筝，再也牵绊不住人们的身心了。

　　傍晚，夕阳照在皑皑雪地上，仿若送别。我们上车，准备回城里。叔叔要给弟弟们接送孩子，也一同回去。偌大的院子，被一把铁锁封存了起来，而几十年的光阴，蜂巢般的累积，连带着所有的记忆，被连根拔起，亦然斩断。

　　可我还是无比怀念，怀念那个栽了几棵苹果树的院子，怀念拔了萝卜在地上摔成几瓣捡吃的香甜，怀念姐妹一起吃韭菜馍馍的馋样，怀念背着书包说说笑笑走过的小巷……

　　我的乡村，将成为记忆中的一个个画面了。

乡村喜宴的一天

一

蜿蜒蛇形的娘家人队伍，走近红色气垫搭起的拱门时，被另一群人截断了。

一波庄稼人吃完了喜宴，正散场呢。呼啦啦涌出来的人，有的用餐巾纸擦嘴，有的拿牙签剔牙，有的眼盯手机埋头向前，没有筵席后的惬意、美食后的满足，更没看婚礼现场的兴趣，他们穿过熙攘的院子，散在高音喇叭嘈杂中，挤入攒动人群里不见了。

年轻总管圆头圆脑，手持话筒，手忙脚乱地大声喊，洗脸水，酒盘子，话筒回声太大，加上方言，听不清。

请问你们有什么讲究吗？一个人颠颠地跑过来，问了两遍。

七十多岁的大哥，得慢慢说才听得见，旁边人忙谦虚推让，没啥，随你们，都是自家人，没必要给添麻烦。

听说你们家族讲究多得很，我先问问，有啥不对的地方担待些。

一个穿西装运动裤的年轻人迎上来笑嘻嘻,都啥时代了,还管那么多的规矩?烦死了。人们都笑。

二

走进喜宴现场时,大家都怔住了。所谓的筵席地点不过是在主人家门口的蔬菜大棚里,钢筋铁条横竖支撑,还算坚固;厚厚的白塑料遮挡着寒风,倒是暖洋洋;只是桌上地下一片狼藉。铺着薄薄的一次性塑料桌布的小桌上,摆满了简易木筷、杯碗碟盘、残羹剩饭。用过的白纸杯,抽了半截的烟蒂,吃剩的馒头,团成团的劣质卷纸,还有鸡鸭鱼的骨头,看起来格外脏乱。帐篷里烟雾缭绕,酒气熏天,后几桌上挤满了玩骰子的人。

总管一开口,大家就皱皱眉。他说娘家人想参加典礼就参加,不想参加就等着吃饭。我觉得有点不美气,这么多人,坐了几个小时车,难道只是为了吃顿饭?即使最不讲究的人家,婚礼这天也要视娘家人为尊客。典礼时一定要摆了凳子桌子,请双方家族的老人坐在一起,共同见证这庄重时刻,祝福一对新人白头到老,但这个总管却手持话筒大声吆喝着,站桌子(服务)的人,赶紧收拾啊。麻利些。

三

一个脸色黑红的人跑过来,折起桌上塑料桌布,四角一提,所有垃圾被包起来,一股脑拖到外面去了。他进来,手脚麻利地铺上新桌布,又急忙赶到后面看热闹去了。那厢许是到了高潮,人人叫嚷呼喊,空气里都飘着赌博的狂热。

一个人走进来,朝里喊一声,小声点。娘家人都在呢!见没有人搭话，他讪讪地转头出去了。

鞭炮声礼炮声中，典礼开始了，我和嫂子攒出去看。听见两个胖女人窃窃私语，这家人咋回事？娘家人来了也不让参加典礼？另一人不屑地撇撇嘴，现在的人，老规矩都不要了。

四

冬雪才霁，满地冰渣，高大的门楼被红色气垫拱门衬托得非常喜庆，窄窄的红地毯，一直铺到上房门口，两边摆着的大花篮。在土墙土院映衬下，俗气鲜艳。正房门口搭了临时舞台，右侧一对红的铁椅，上面铺了金色条布；左侧还有个欧式风格的简易酒吧台，锡箔纸包裹了大瓶红酒斜卧其上；中间的红色幕布上，金色碎末喷出"I LOVE YOU"的字样来。三九寒天，阳光甚好，天空湛蓝，白云悠悠，时尚的气垫舞台和肃穆的冬日雪景相配，虚饰繁华，金碧辉煌，有着不伦不类的滑稽虚诞。

头发如火鸡冠的主持人蹲着试音，喂喂喂不停喊，声音顺着墙边溜过深沟跑向旷野，接着便上台唱歌跳舞，大坨脂肪挤出腰部，把过窄的红西装填充成各种不规则图形。《甜蜜蜜》《小苹果》，一首一首声情并茂，激情投入，像开乡村个人演唱会。在砖砌大灶的浓烟中，数层笼屉的蒸汽中，洗碗大盆的水汽中，满院人皱着眉头听演唱，终于满头大汗的胖小伙停止表演，宣布典礼开始。

穿着白纱裙的新娘子婷婷出场，礼服里套着红色保暖衣裤，迎接着四面八方聚焦来的目光。身旁的新郎分外腼腆，黑框眼镜后一片茫然失措。相识了个把月就结婚，他们对未来同样惶惑。

主持人开始吆喝，快来看，这貌美如仙的女子是谁呢？接着自问自答，新娘子。那么身边这个又老又丑的男人是谁呢？请大家跟我一起喊——老公公。请问老公公，今天娶儿媳妇，你这么高兴为啥？儿媳妇和你媳妇哪个漂亮？瞧你那色迷迷的样……俏皮话惹得人仰头大笑，兴奋不已。

上了年纪的人拧着眉头看舞台上那炫耀口才的年轻人，听他一会小沈阳一会范伟的胡言乱语。年轻人则哈哈大笑，调侃老公公和新媳妇的场景让他们乐不可支，个个拿起手机拍照。一片手机的森林。典礼现场让人更不舒服，我惦记着筵席，转身又赶回帐篷。

五

帐篷里的人无聊地坐着闲话或低头沉思。过了好久门帘揭开，穿皮夹克的年轻人拿着一把一次性筷子，每桌抛下一小捆。总管大声喊娘家人要坐席了赶紧帮忙，站桌子（帮忙）的人才恋恋不舍走过来，嘴里叼着的烟卷，始终没取下来。

饭菜被一个插耳机的半大孩子端了上来，尽管有鸡鸭鱼肉、蔬菜果品，但盛在浅浅的不锈钢碟内，色泽模糊。大家筷子飞扬，挑挑拣拣，以惊人的速度吃喝，不一会儿，桌上就惨不忍睹。最后一盘菜还没上来，忽然呼啦啦挤进很多人，站在旁边等座位。立在身边的黄衣女人，见我坐着，索性一把抓我起来。我抬头看，她笑了一笑，手上可一点也没松劲。

所有坐着的娘家人忙站起来，尴尬地互相看看，急忙走出去。旁边等着的人纷纷坐下，看着没抢着座位的乡亲，高声大笑，像抢到了大红包。

六

淳朴的民风、古朴厚重的婚宴是此行追寻的亮点，因为在我印象中，乡村婚宴是最讲究的酒席仪式。

庄户人一辈子，最重要的无非是婚丧嫁娶，而红白喜事需要钱花在面子上，礼数到位的。尤其是恪守规矩的人家，随礼几十年，谁不希冀有倍加讲究的场面来换回人情，花钱长脸，彰显门风？

犹记小时候，无论多么重要的日子，娃娃是绝对不能上大桌吃饭的，即使是结婚了的哥哥姐姐们，都得坐在下首规规矩矩等着。所有能被奶奶母亲带上吃筵席的，都是聪明懂事的娃娃，坐在大人背后，大人给什么就吃什么，不能丢了礼数。奶奶说吃饭要细嚼慢咽，不然饿死鬼一样被人笑话。吃饭时人要坐正，碗要端稳，筷子要拿平。母亲更是郑重其事地教导，吃饭时不能说话，唾沫星子不能乱溅。吃多少拿多少不能剩，碗底要干干净净。吃完自己的碗筷自己收。

再大一点，有资格参加红事的宴席了。父母会按年龄外派，一次一个，人人有份。按说作为代表去吃宴席，不仅证明自己长大成人了，更是一种尊贵身份的象征。实际上我们对这种"任务"一面向往一边发愁。想想看，在家吃饭都这么多规矩，遑论大场合？而且那绝不单单是吃顿饭，简直就是一场门风的考验。

作为家里的老大，我去的机会较多。第一次吃席，母亲一早就拿出只有走亲戚时才穿的衣服，我套上新衣，觉得自己一下子长大了，看着身边嬉闹叫喊的弟弟妹妹，大人般沉稳。母亲前前后后检查几遍，才严肃地说，记得先随礼再吃饭。记着坐下首。记得等上席人动了筷子才能吃。记得遇到没见过的东西慢慢看人家怎么吃。记得要尊贵，不能抢。记得一席八个人，碗里东西每人一份，比如丸子只能一个，你吃了别人就没有了。当我走向那充满诱惑的宴席时，满脑子的规矩，仿佛肩负着家教、门风、使命，去参加一场盛大隆重的会议。

七

在西海固农村，最常见的宴席是"十大碗"——即用十个粗瓷大碗装满了肉和菜的筵席。它是非常讲究的，不但坐的位置有讲究，连碗筷摆放的位置都不能错。有顺口溜为证：鸡猪羊肘丸（二声）子，东坡三牲甜盘子，素菜粉条凉碗（四声）子。吃的过程也有规矩。坐上席的人除了辈分威望高外，还肩负传承礼数的使命，一番谦让后，要端起酒杯倾洒几点，以示祭奠。首先要夹甜盘子（一种用杂粮加糯米做成的甜食），表示对五谷粮食的尊重，然后才按照植物动物菜蔬的次序去吃。

娃娃们边吃边聆听大人闲聊。一道道美食通过筷子传送，舌头品尝进入食道，滋润着味蕾，满足了食者的需求。而尊贵地吃，品尝着吃，享受地吃，满怀敬意地吃，也是对粮食的珍惜，对肉类的尊重，对蔬菜的感激，这种潜移默化的方式，对后辈的影响是的深远的。

筵席，不仅仅是一种乡俗，一种典范，更是一种民俗礼仪，一种文化的传承。

八

乡村婚礼中，被一遍遍演绎传承的，还有礼仪。礼仪完成的好坏，直接影响着双方家族尊重的程度和交往的深浅。

娘家人到来后，鞭炮齐鸣表示热烈欢迎，主家请来的代劳（服务）人要端来洗脸盆倒上水，意思是给路途遥远的人洗尘接风，然后给最年长的人敬酒，还要低声讨问有哪些规矩。这时的主事人一般都见过大世面能说会道，而对方也是德高望重的长辈，他们边客套边不失尊贵地道出规矩，如第一次参加婚礼的新媳妇，要用红包赎回酒杯；吃完酒席回家时，双方老人要互相交代一些事；婆家娘家要同时感谢来帮忙的人。

当然，娘家人的酒席也格外繁琐。进门先要喝茶吃干果，俗称传茶，一般是四个碟子，接着是臊子面或荞面饸饹，然后才是正式宴席，最后还有汤面，叫做扫席汤，总之一天之内要吃几顿。这些仪式的好处是体现了尊重诚意，不好处是制造了诸多麻烦，讲究的人家觉得祖辈立的规矩不能忘，其实也是对传统的恪守与传承。

　　匆匆忙忙一顿饭吃完，人们三三两两攒成一堆闲聊说话。我们走出大棚，典礼已结束，新娘换上敬酒服，新郎端着酒盘，四处敬酒。嫂子兀自感叹，不是说乡下过事很讲究的，咋现在一切都简了？

九

　　乱哄哄院子里，气垫舞台依旧鼓鼓囊囊，喇叭照旧震天响，话筒依然嗡嗡，浑身黑衣的女子唱得很妩媚：甜蜜蜜，你笑得多甜蜜，就像花儿开在春风里……

　　年轻的婚庆团队虽不专业还算敬业，听说上门服务费用为三四千。他们两三个人一组，奔赴在一个个山川村落，一个个婚礼现场，男女搭配，说学逗唱，添彩助兴，为主家提供一条龙服务。老一代的司仪早已作古，即使健在的也豁牙鹤发，上不了台面。记忆中，那才是一批真正的脱口秀精英。别看他们平日就是些普普通通的农人，可张口说话，不仅出口成章而且句句有典故，文艺范儿极强。尽管有时也是套词，但其中包含的人生哲理足以警戒后人，所以在乡村旧式婚礼上，典礼时的说辞曾是最重要、最热闹的环节。

　　可惜老式的那一套已过时了，乡村脱口秀终结了。如今农人们有了钱，红白喜事都紧跟潮流，新式的主持团队应时而生，成为乡村婚宴上的一道靓丽风景线。人们抛弃了古老与怀旧，高高兴兴走进了现代文明。高亢悠扬的秦腔变为流行歌曲，庄重大方的说客变为了诙谐调侃的混搭，中式旗袍变为白色婚纱，似乎这样才能和国际迅速接轨。

十

站在路边，我打量着这个闻名已久的富裕村。山远地阔，一马平川，满眼望去，却有些破败。村子不大，到处是平展展的枸杞地，枯干的虬枝被铁丝网高低护住，一只鸟雀也飞不进去。据说家家户户都靠枸杞发了财，每家都有几十万存款和豪华轿车，那些错落在不同方位的新院子，就是例证。

尽管家家都有高门楼子大上房，讲究的家庭甚至连院墙都贴了瓷砖，但粗糙的模仿简单的复制使整个村子显得杂乱无章，既无整洁雅致的建筑风格，也无特色鲜明的样式。整齐的院落里，正屋一律高大空阔，瓷砖内外贴着，落地窗户特别高大。在西北地区，这种建筑其实不适宜。尤其是冬天，没有暖气，一个小火炉在高大上的房间里，充其量只能算个玩具，所以再好的房子也如冰窖，变成了摆设。人要么住在偏房，要么就用木板隔开。

华丽的窗帘，雪白的瓷砖、大英寸的电视、高档的麻将桌、大排量的汽车……富裕充沛于乡土生活的方方面面，同杂物间里的镰刀、锄头和厨房里的泡菜坛子、水缸进行着默默地对抗。

太阳出来了，薄雪消融，村路上泥水遍地，俨然是"泥石流的战场"。和宽阔的公路相比，寸土寸金着实体现在村道间，轿车要擦着后视镜才能过去。家家门前堆满了玉米向日葵秸秆，牛棚猪圈一律破败低矮；蔬菜大棚上撕扯开的薄膜，在风中呜呜作响。尤其是厕所，依然是三堵墙围起的土圈圈，人蹲下去都能看得见屁股。走了好几家，我们才在一家土坑里战战兢兢上了个厕所，而拴着铁链的黄狗，则在一旁不停地汪汪汪。

十一

隔条马路，对面就是甘肃靖远。我踩在马路中央的白线上，如踩着国境线。之前在网上搜索过，知道秦长城的一段遗址就在这里，原以为要走很远，结果没几步路就找到了。一个黄土夯筑的大土堆低矮塌陷，孤零零矗立在居民点中，昭示着千年的沧桑。

我拿出手机拍照，发现手机无一点信号。这么富裕的地方，居然没网？想起吃饭时侄子说过，这里是两省交界处，三不管的地方，公共设施都不齐全，自然也就没网络了。

风寒了起来，我们赶紧往回走。青瓦红砖的院墙上，刷着各种红色标语。"生二胎，多种树，防老环保两不误""还是二胎好，政府不养老""一个太少，两个正好。一个嫁人，一个养老"，我们边走边读，不觉失笑。

要返回了，娘家人齐聚公路边准备上车。大哥拉着新娘手老泪纵横，到了人家家里就是媳妇子了，要勤快懂事些，好好伺候婆婆女婿。遇事要忍耐，不能耍脾气。新娘子靠在大爹怀里哭哭啼啼。她还是个孩子呢。

十二

婚宴的一天结束了。坐在疾驰的轿车内，渐渐远离了那个村庄，没人说话，大家都累了，靠在座位上睡着了。我盯着车窗，怅然若失。夕阳黯淡，寒风凛冽，刚才行走的村落小巷，田间地头，硬梆梆的庄稼地，泥泞的小道，高的院子，高大的房子，枸杞树标语墙，一一闪过。

乡村的变化让人欣喜也略有惆怅，一种新的荒凉孤独掩盖在表象繁荣中，乡土乡情，人情礼仪以及千年的文化民俗早已土崩瓦解。多年以后，这片土地上，还能有多少传统的痕迹呢？婚宴上的欢闹，曾经的味道，祖祖辈辈恪守的东西，已越走越淡，随风吹散……

花园里的麦子

一

小区里的广播响了起来。几棵麦子，不，准确地说，是两株麦子，长在同一个花园里的两棵，同时抬起了头。

花园嘛，本就是种植观赏性花草的地方。漆成白色的欧式栅栏里，既有修剪成各种形状的矮个密植树，腰肢细嫩的垂柳、花色优雅的紫槐、带刺的玫瑰，也有火红的美人蕉、艳丽的牡丹，还有几丛孤芳自赏的宽叶兰。

晨曦漫过，花们竞相开放，骄傲地直起身子，得意地展示着五彩霓裳；尊贵而迷人，高傲而矜持，任由身边蝴蝶蜜蜂嗡嗡飞来飞去。草们郁郁葱葱生机勃勃，把小区点缀如明信片般美丽。她们是这花园里被人称赞被人高看一眼的阶层。麦子夹在中间，觉得自己单薄丑陋，只好低着头，看着脚下的土地。

夏日中午，骄阳似火，别的植物就没那么神气了，蔫头耷拉地避晌（休息）。麦子乘机挺了挺胸，偷偷拔着身节，正是长面水时刻，他贪婪地吮吸着大地养分，尽情享受着生长的快乐，顺便抬起头向不远处的伙伴点头示意，而那自暴自弃的家伙却不屑一顾，似乎告诉他别忘了目前的身份。

麦子的目光顿时有些暗淡，愤愤不平，"我本是一枝灿烂而实在的花朵，开在万里田畴之上，开在农民心坎上"，曾有人用这样的诗句赞美过自己和同类。如今在这座"皇家花园"里，自己怎么会抛开主人身份，成了混迹于土地上的游民？

在这片土地上，生长着太多的前尘往事，诸多记忆清晰如昨，闪烁光芒。

冬天，雪花静静飘洒，他和家人族人一起，拥挤在粮仓里，安然冬眠。每一粒都饱满浑圆，像丰满润泽的女人，有肥硕的乳房，温暖的身子，慈母的胸怀，有土壤朴素柔和的质地和本色。

春天，他们懵懵懂懂，顺着木楼窄窄的口，被播进撒了农家肥的土里。存了一冬的墒情，土地张开宽厚湿润的怀抱，拥着种子入怀。呀，冷暖适宜，湿度恰好，膨胀的身子衍生出无穷的欲望和力量。终于，它们集体喊一声，一颗颗嫩芽冒了出来，桃花已开，杏花尚白，这世界多么美好！

四月的田野，一片葱绿，麦子们憋足了劲长。野草们也抢先登陆，依仗硕大的根系，贪婪吸取麦地的养分，绊住粮食生长的脚步。农人在阳光下嬉笑呼喊，除去稗子和争抢营养水分的杂草。粗大的手掌攥住它们，一把拔起，甩在地埂上。麦子解气地抬起身子盯着远处，胡麻的花儿蓝乌乌，在微风中尽情舞蹈。

五月如约而至，长足了身子的麦子，粗壮的秸秆越发健硕，顶着碎花的麦穗需要授粉受精了，他们自豪地寻找着属于自己的爱情，只要有机会，就大声呼喊另一棵麦子：爱你爱你，我爱你……

六月，除了雨水的滋润，更需要阳光普照。麦子在太阳下养精蓄锐，使劲灌浆。满身饱满的麦粒排成一行行，硕大的穗子稳重厚密，迎风摇晃。

七月里，熟透了的麦子弯腰低头，沉甸甸，向大地母亲鞠躬致敬。农人磨快了镰刀准备收割。抢黄天，可一点都不敢耽误啊！他们手脚麻利地割麦，汗水沿着脖子流下来，还不忘给磨磨蹭蹭的娃娃讲算黄算割的故事……

九月里，捆扎好的麦捆，从高高的麦摞上被取下来，摊在大场里。拖拉机拉着碌碡绕着圈跑，碾掉麦衣，除去麦草，颗粒归包。

十月了，麦子一袋袋一包包，一筛子一簸箕被倒进了粮仓，有了满满的一仓小麦，日子里全是富足和滋润。

热热闹闹的一年结束了，又是一年的休整与等待，他们心满意足地熟睡，期待来年继续生根发芽、生长成熟、收割收藏的过程。

二

如今，这块土地已成为麦子常常回忆的影像，因为麦田忽然在各种文件中被一再提起，很快就在红字白纸的号召下开发了。主人由最初的不满抗议到响应号召，后来更是高高兴兴，拿章签字领钱，然后身份陡然一变，成了城里人。

城里人，是多少农人世代梦寐以求的理想呢。城市和乡村自古犹如鸿沟，征地成了天堑变通途的一种方式，而现在一夜之间，主人以出卖土地为代价，换回来了一个黑红色的户口本——城镇居民。

而那些长满麦子野草的耕地，很快就变成了电视里的楼群。楼以搭积木的速度迅速盖起，十六层，几十幢，成了一个叫做"皇家花园"的小区。想想都自豪，一块普普通通长庄稼的土地，身份一变换，就和皇家帝王扯上了关系。当然，会有更多的皇家范儿：假山，假水，假树，假花，亭台楼榭，小桥流水，俨然一个人间天堂。

但这个小区最大的卖点却在于"田园"风格：假树上绿叶茂盛，假枝上插着黄花红花；聪明的开发商甚至在假树上建了一个鸟巢，安装了音乐播放器。一阵鸟鸣，树绿花红，如陶渊明笔下的世外桃源；流水潺潺，绕过假山假石，石桥石凳，石桌石椅，一幅假围棋躺着桌面上，王维的诗情画意禅意浓浓尽显。

不伦不类的田园风格可以假乱真，但假的永远真不了，即使偶尔路过的鸟雀，也能判断出天然或伪装。它们叽叽喳喳飞过去，没有一只停下来看看那个叫做"巢"的东西。谁家的鹦鹉挂在假树下，闷着头一声不吭，任凭主人气哼哼地引逗。院里的板凳狗倒很多，一群一伙的到处跑。

三

麦子有些沮丧，后悔自己又一次从这块地里冒了出来。春天来了，它实在抑制不住发芽的欲望，和往年一样，拼命钻出地面，睁开眼睛，似曾相识的场景让他无所适从，这是曾经生活的土地吗？

犹记自己是从无人收割的母株上掉下来的一颗，他叹了口气，默默生长着。从肥沃的麦田到钢筋水泥预制板的空隙，再到整齐划一的花园，他也从庄稼变成了不知道自己身份的东西了。现在的自己应该叫什么呢？显然不能叫麦子了。准确地说，只是一株杂草，和假花假草、玫瑰芍药牡丹为伴，变成了人们眼中观赏物，他有些委屈和羞赧。

傍晚时分，穿粉色纱裙的少妇拉着同样裙衫的小孩子笑嘻嘻走过来：宝宝，这是牡丹花，这是玫瑰花，这是小草。

孩子用胖乎乎地小手指着问，妈妈，这是什么花？

年轻的妈妈有点尴尬，显然一时找不到准确语言来表达，就说这不是花。这叫麦子，是一种植物。

这种植物能有什么用处呢？稚嫩的声音追问道。

它呀，是面条的爷爷，少妇为自己的聪明暗暗喝彩。

面条的爷爷？！听着这个解释，麦子鼻子一酸，眼泪就下来了。

四

已有太多的孩子不认识麦子了。当人们候鸟般，纷纷迁徙到一个叫城市的地方，在那里咬牙切齿、卑微猥琐地讨生活时，已没人会记得麦子这种粮食了；当农民顶着进城务工人员的名号，忘记了绿得看不见尽头的麦浪，忘记了叼着旱烟说"麦熟一晌"的老人，忘记了秋天收获的快乐冬天收藏的满足时，麦子和他的后代就变成了无用的东西。而统称为粮食的这些"植物"，在几千年的历史长河中，曾是人类心中挥之不去的圣洁与崇拜。

如果没有我们，世界将会怎样？当麦子的爷爷的爷爷在粮仓里自豪地高声呼喊时，一仓的麦子热血沸腾，血脉喷张，年轻的心脏砰砰跳动，自觉作为粮食的伟大和重要。他的爷爷，爷爷的爷爷们，祖祖辈辈都以为人类提供最基本的能量而自豪，以成为人们赖以生存的基础而骄傲。没有理想主义的花朵，却有现实主义的麦穗，他们生长在土地里，和朴实无华的主人们一起，以平凡的外表深邃的内心和命运抗争，用磨难与意志并行的信念和务实求真的思想，成就了亘古至今的农业文明。

如今，这一切却渐至渐远！

没有了自己，人类将会怎样？他确信人类会研究出一种替代品来替代自己，他们是最聪明的动物。

五

麦子看了一眼伙伴，他正摇着身子和牡丹搭讪呢。富贵艳丽的牡丹，睥睨着瘦弱单薄的邻居，不想搭理。她有王者的尊贵，有娇好的容貌，自然懒得理睬身边这位。麦子无奈地看着那被轻贱也不自知，依然向城里植物靠拢而不惜作践自己的同伴。

像许多来自农村的年轻人一样，同伴希冀完全成为真正的城里人，为此，他用锲而不舍的下贱精神改变着自己的一切。无论是从衣着打扮还是说话口音，无论是从消费观念还是目标追求，他使劲洗刷着泥土的痕迹，可骨子里的东西，依然暴露出一股泥土的味道。他也很快就失去了农人原有的勤奋善良、忠厚本分，学会了城里人的狡黠精明和自私冷漠，变成自己也不知道自己是谁的东西了。麦子悲哀地想，我也和他一样啊，花不花草不草的，不知归宿到底在哪里？

越来越多的人举家搬进了城市，更多的人因住进楼房而费尽心机，就像这块土地上的人一样，拆迁补了那么多的钱，有了那么多的楼房，可是又多了那么多的积怨是非、算计隔阂。花园边，坐着很多人，有的打麻将，有的抹红四，有的折牛腿。住进了楼房，闲着无聊，小区里棋牌室一个接一个，到处都是无所事事的人。

麦子看着曾经熟悉的主人。左边坐着的男人戴着硕大金戒指，正满口脏话地甩着牌，唾沫星溅到旁边人脸上。为了能多得一套楼房，他和妻子很快办了假离婚，最终房子多了一套，这对已有四个孩子的夫妻假戏真做，分别守着一幢楼，换了配偶，他也不觉得羞愧，照样在人前财大气粗。

右边轮椅上躺着的老太太，十几年来一直住在破旧不堪的大院里，几个儿女谁也不愿意要她。拆迁时，她就变成了金疙瘩，儿女为抢她大打出手。老人还算清醒，一人守着三套楼房，一套自己住，两套由村委会租了出去，但她从此也失去了儿女。同在一个小区，没一个孩子上门来看望她，老死不相往来。白发苍苍的她常常自言自语，我38岁上守寡，拉扯他们成人的啊。钱才是他们的老妈啊……

六

麦子多想回到那肥沃的田地里去，回到那真心实意的日子中去，回到那热火朝天的场景中去啊！

中秋节到了，新麦熟了，勤劳的主妇要蒸花馍馍了。主人从粮仓里滚出几个圆乎乎的麻袋，架起铁锅倒上清水，用簸箕端出麦子倒进锅里。黄灿灿的麦子一倒进水里，水立刻变成了黄色，很快就是泥糊糊了，拿着笊篱的女人，一勺一勺地在水里淘洗，然后倒出脏水，用清水一遍遍淘洗干净，晾晒到笸篮里，再用干毛巾一遍遍擦拭。毛巾被水浸透又拧干，干净的麦子就被装进麻袋醒着。"醒"好的麦子，第二天被拉到磨房上磨。头面是粗糙的，略黑；第二遍第三遍，箩筐里的面白细轻软，被装进白布缝制的细长口袋里，然后拉回家。

麦子成了面粉，倒进面缸里。黑瓷的缸闪着瓷光，如粗犷的大汉怀抱着小娇娘，肌肤相亲恩爱非常。麦面被舀了出来。女主人伸出粗糙的双手，加上水加上碱面，很快就揉搓成一大块，用塑料布或湿毛巾包了，醒在锅台上。

然后，女主人用短擀面杖推开，用长擀面杖旋起，不断地碾压展开，面团就变成了一张薄薄的面皮。巧手的女人长刀切下，一行行铺过去，细如丝的面条就放在案板上了。面条入了锅，在滚水里打几个旋，筷子一挑，几根细长的被叠摞着放进大碗，浇上炒好的肉臊子，连同辣子盐醋小菜一起端上桌。

一家人围在一起，灯光下，大人小孩都不说话，跐溜跐溜地吃着面条。

七

夜深了，一阵凉风吹过，麦子打了个激灵，从过往事过往人过眼烟云中醒来。他看了看身边酣睡的花草，格外心酸，与尔本非同路，奈何你我同园？不能以粮食的身份存在，他也羞于与花草为伍。

小区里，恪守职责的园丁走过来，这个皇家花园里的一草一木，都由这位昔日种庄稼如今植花种草的农人照管。借着路灯的光，面色依旧黝黑的他弯下腰，修剪着倒垂在地的柳枝、绿枝茵茵的槐树，忽然，看见这棵麦子。

一株颗粒饱满的麦穗啊！

他激动地上前抚摸，像抚摸着另一座城市里打工的妻子儿子。远离了土地，没有了种庄稼的乐趣，但麦子，土豆，豌豆，糜子，谷子，各种粮食的影子，肥得流油的土地，忙碌充实的年华和腰肢粗壮的爱妻，常常在梦里浮现。

他折下麦穗，放在手心，使劲揉搓，吹去麦衣拂去麦茎，青白色的麦粒颗颗饱含着汁液，细细数过去，36颗。呀，真是一颗好麦子呀。今年应该是一个丰收年啊，只可惜……

他仰起头，将它们顺手放进了嘴里。

麦子闭上了双眼，能以这种方式结束了自己又一轮生命，他欣慰极了。作为一颗粮食，没有比被人吃掉更值得的事了，何况还是个热爱土地珍惜粮食的农人。

园丁走近另一株麦子，那颗没结穗的干瘪的"植物"，正欣欣然欣赏着天上的云地上的车。他走过去，一把拔掉，抛在路边杂草堆中，毫不可惜。

夜风飒飒，皇家花园里，清除了最后一颗杂草。清一色的名贵花草，低垂着身子，在风中摇啊摇……

回乡偶书

归

车窗外，电线杆、大小村落、高低楼房，还有果园，均倒退着一掠而过。果子结得很多，缀满了树枝，一律穿着牛皮纸外衣。三秦大地上，果树们默然站立，有点兵马俑的神韵。

我们一家，准确说是三代人，坐在去往老家的车上。父亲眼皮低垂，因感冒牙床肿得老高，瘦削苍白的脸上满是疲惫。他在想什么呢？山西。老家。血缘。家族。长辈。谜样的家族。几个人的牵绊。近百年日子，貌似断线却又丝缕牵缠的枝桠。我不知道67岁的他，如何评价他的父亲我的爷爷的一生。

从记事起，父亲很少提起老家，对老家山西的情况讳莫如深。有限的几次交谈，也闪烁其词，只夸大我们这一支的艰难和不易，但从去年开始，他就唠叨着回老家，还要天南地北的儿女一起回去。终于，我们汇聚宁夏，准备好礼物，出发了。

　　一路上，我试图从他那里探寻答案，终以失败告终。小外甥外甥女闹腾了半天，也安静了下来。新疆宁波，隔着千里的两个小人，随着父母飞机火车客车，一路跋涉到宁夏，然后又从宁夏出发去山西。不是妈妈的老家在宁夏爸爸的老家在河南吗，现在怎么又出来一个山西。老家一词对他们来说，真有些混乱。

　　他们的母亲在宁夏出生长大读书上大学，后来一个穿过玉门关到了口外，一个南下安居宁波，两个孩子虽远隔千里，却是最亲的亲人。和天下所有年龄相差不大的孩子一样，他们也需要磨合。在单调无聊的旅途中，唯一能找到的乐趣就是互相告状指责，为一瓶矿泉水争个高低，然后各自被父母镇压一番，终于一个低头玩手机，一个渐渐睡熟。

　　大妹是医生，乌发用发夹束紧，很漂亮。小时候她勤快懂事成熟稳重，深得母亲喜爱，后来在口外生活了几十年，平时只能通过电话传递消息。前年我去新疆，当火车经过不毛之地，经过茫茫戈壁，经过哈密低矮的土坯房，经过破旧寂寞的兵站时，才理解异乡的漂泊和报喜不报忧的心酸。这个肿瘤科主治大夫已过了而立之年，在我心中还是年幼娇俏的模样。此时也睡着了，她的梦里，有些什么呢？

　　二妹和我一样，中学语文教师。南方水土没把她养胖，瘦得让人担心。她在那座城市里工作生活，一呆就是十几年，生了孩子有了房子。她曾和我同在一所乡下学校教书，调动不了的无奈，闭塞环境的压抑，使得她背井离乡到东海之滨，好在日子平顺，夫妻关系好，慰藉了诸多的委屈遗憾。此刻，她紧紧搂着女儿睡着了。

　　接近西安，车厢里越来越热，客车前方的小电视上，赵本山和范伟卖力地逗趣。这趟车的乘客大多是去西京医院看病的同乡。面对突如其来的灾难，他们把好运寄托在好医院好大夫身上，互相谨慎地问询病情，打探着各种消息，然后和我一样，瞅着窗外，心事重重。

忽听司机大声喊：醒来些，西安到了。抬起头，"西安站"在不远处熠熠生辉。

行

西安站一如既往熙攘吵闹，仿佛一锅从没冷却过的麻辣烫。安顿老少看守着行李，我和妹夫去买票。西安到运城从车票价钱上看也没多远，可几十年来，犹如鸿沟天堑，不可逾越。拿票出来，远远看见父亲佝偻身子，紧紧盯着面前箱子，脸越发肿了；妹妹孩子们围着一堆行李，似乎守着个孤独的岛屿。

开往运城的客车破旧不堪，坐垫上的海绵都钻了出来，能看见弹簧。椅背脏兮兮的布套上，写着某宾馆的广告。运城，这个萦绕在我家几十年的词真切地蹦出来，把人带进遥远的回忆。

从记事起，我们就知道自己是外地人。每次我背着花书包走过街口，一堆坐着谝传、晒暖暖的老人中，总有人会戏谑地叫一声"山西鬼儿"，然后笑眯眯说，这是高家的大孙女。我慢悠悠走回家问妈妈，叫那外号啥意思？妈妈就笑，没啥意思。后来长大，才知道这个外号既有勤劳吃苦本分精明之意，也是节俭克己看重钱财的代表词，它似乎涵盖了山西人的通性。

我心目中爷爷的样子其实很模糊，很多细节都是别人转述的。小叔说六零年他会用秤给子女分煮熟的洋芋，大姑说他心偏不爱外孙只爱家孙，我只记得靠在一摞被褥上一动不动看书的样子。

"高货郎担"，这外号贯穿了他在宁夏固原的多半生。多年以后，我和一个人说起爷爷名字，他表示不清楚，但当我说起外号时，他马上就说你爷爷过日子扎挖（这两个字，考证不清到底怎么写，意即会过日子吧）。由此，我知道了这个外号代表着针头线脑、走村串户和吃苦耐劳，略带贬义却又心生敬佩。

身边坐着的中年男子热情地搭讪，问我们这么多人来运城干什么，当听说是从宁夏回运城"探亲"时，就格外热情。他说自己是西安一服装厂的销售经理，也是回家探亲。我们便攀谈起来。这是个记忆力超强的人，皮肤白皙头发稀少，眼睛不大却炯炯有神，很健谈。他细声慢语地解说着运城的点点滴滴，像个极力夸自家宝的孩子，说山水田地主食副业。普救寺、关帝庙、鹳雀楼、舜帝陵，一个个名词跳了出来。他按捺不住夸耀，盐业、硝矿、电机厂、各种面食面点、男人的节俭吃苦诚信，女人的艰辛坚强守家，当然还有山西人爱吃醋的传说。

真要感谢这位热爱自己家乡的人，运城在一个运城人的讲述下渐渐清晰。爸爸妹妹们都仔细听，关于老家，他们和我一样好奇。

接着，就看见收费站上方的电子屏上闪着几个大字：运城欢迎您！

怯

近乡情更怯。

天色向晚，夕阳染红了山水大地，正在修建的高楼上挂着标语——"运气的运，城池的城"。

山西运城市万荣县皇甫乡袁家村，当说出这地址，我们马上被一群出租司机包围了。二十四年前曾回过老家的父亲，说老家离县城不过20公里路程，和出租师傅讨价还价，大家一转身，不见了！

我们一下慌了神，四散开来找。大妹跑来跑去喊爸爸，孩子也大声叫爷爷，我忙打他手机没有人接。正不知怎么办，远远见他弯腰弓背走过来，后面跟着个胖师傅。大家长长出了一口气，围上去打听情况。胖胖的司机口吐莲花，大意是价格非常便宜，大妹说这么便宜不会是黑车吧，父亲忽然就发怒，山西人就没骗人的，结果这个老乡不但骗了老乡，还把老老小小抛到了郊外。父亲像个做错事的孩子，一言不发，我便和妹夫在大街小巷穿行，寻找回家的车。

再次上路时，夜已深了，车灯射出微黄的光，照着乡村小路。电话又响了，哥哥在那边一遍遍问询，说他在岔口等。父亲说山西没山，而老家就在一座山旁。

路果然崎岖狭窄起来，我们这些城里长大的人，对山路有本能的恐惧。黑黝黝的夜，只能看见面前的石子路，通向未知的远方。遥想当年，我们的爷爷，一个十六七岁的少年，就是这条山路，挑着货郎担，历尽艰辛，走向异乡。百年之后，他的儿孙们又沿着这条路回来了，如果他有感应，该是多么的感慨万端呢。

师傅忽然刹住车问，前面那人是不是你家人？黑乎乎的山路边，只见暗红色烟头一明一暗，微弱的光如一点火苗，

哥哥，我大声喊。他答应着，没说过多的话，只是打手势示意师傅跟着摩托走。山路弯弯，终于前面的摩托车停了下来。

门口灯火通明，站着几个人。哥哥跑过来拉开车门，说，叔叔，到家了。妹妹，这是咱家。

家

灯光下，亲人们互相介绍，互相打量。

大眼睛大鼻子大嘴巴的哥哥，个子不大，头发浓密，精瘦利落，和记忆中的伯父一模一样。他腼腆地笑，听几个妹妹叽叽喳喳自我介绍。

大眼睛大鼻子大嘴巴的嫂子，圆润结实，福星模样，怀抱着才出月的小孙子，笑得开了花，问寒问暖。

侄子继承了父母优点，俊朗潇洒，英气逼人，跑前跑后地招呼。跟在后面的媳妇，像只小猫裹在厚厚外衣里。

楼房这么高，院子这么大，见惯了鸽子笼的小楼房，忽然置身于这么大的院子里，人人都很兴奋。孩子们跑出跑进，大人们啧啧称赞，大家围着小桌吃西瓜桃子，喝水聊天，院里欢声笑语，闹翻了天。

接着走进来一个老人，爸爸忙迎上去，叫一声嫂子，哽咽了半天才说，这是你大妈。

这就是亲手织出床单被罩枕套的大妈，是用土布口袋装满柿饼的大妈，是家人口中勤劳贤惠坚强的女人，大伯的妻子哥哥的母亲，我们至亲的老人。79岁的她，大眼睛剪发头，精干利落，清清爽爽，像个大家闺秀。她口音不重，语调不高，一辈子没去过宁夏，但对那边的情况一清二楚。

我们自然就说起了大伯！

十四岁左右，家里来了位"客人"，母亲说是山西的伯伯，他大眼睛大个子，低着头抽着烟，坐在椅子上一言不发。爸爸从单位上回来了，桌上摆了那么多好吃的。

我端着鸡蛋挂面进去，他抬起头来，大眼睛里满是慈祥。

哥，这是老大，爸爸指着我说。

恩，几个娃娃长得都乖。来，伯伯给个见面礼，他慢腾腾站起来，在黑蓝色口袋里掏了半天，给了我一毛钱。后来怎么样，我不知道，只隐约感觉到，伯伯一来家里气氛很尴尬，爷爷奶奶爸爸姑姑叔叔满脸忧戚。

再见面已是高二，我抱着书飞奔回家，人很多，爸爸姑姑们神色沉重地坐着。山西伯伯也在，穿着藏蓝色中山装，右上方口袋里一只钢笔很耀眼。他坐在小凳上，头发花白，面容清癯，眼泪一颗颗掉地上，面前的黄土出现了一个个小窝窝。爷爷躺在炕上，几根白发衬着灰扑扑枕巾，旁边放着冰凉的饭菜。小姑忽然大声哭，我们不让你回去。原来年近八旬的爷爷要回老家，伯伯来接他，这边家人自然劝阻，爷爷很生气，伯伯很为难。

我坐在门槛上，看着伯伯爸爸叔叔三个同父异母的兄弟，彼此生疏尴尬的样子，觉得很好笑。他们身上不是流淌着同样的血吗？承袭着同样的家族重担吗？为什么会这样？

爷爷最终还是去了山西一趟。一个月后，重回宁夏。七天后，与世长辞。

地

哥哥停下脚步说，这就是爷爷和大伯睡土（埋葬）的地方。

我们傻了眼，左右环顾，地上平坦坦，哪来的墓地？

就在这里。左 17 步，右 13 步，你脚下就是坟头，他瞄了一眼对面不高的土坎，我做了记号的。

我后退了几步，惊恐地盯着赭黄泛黑的土地。在我心目中，坟地一定是有高高的土堆的，没任何标志的，还是第一次遇到。

地畔，不知名的野草高高低低，随风摇晃；几支蓝紫红的花，攀援了杂草扭身而上；蒿草高昂的头颅，像士兵般林立。昨晚刚下过雨，地里潮湿松软，散发出一股淡淡的土香。这就是他们念念不忘的那块地？哥哥慢言细语，老家都这样，人多地少，要种庄稼，就平了坟头。现在耕地越来越少，政策提倡坟地搬迁。

大家跪在坟前，烧纸祭奠，哥哥哽咽着，伯伯去世前还念叨，要睡在这里的……对二奶奶和大伯来说，它就是恩人。

当年，离乱的脚步匆匆，爷爷走了，留下大伯和二奶奶，谁也没想到这一走就是一辈子，剩下一个继母一个养子，在凄苦岁月中，守着空荡荡的大院，过着凄惨的日子。

二三孔风吹雨打的土窑洞，前檐上的青砖已零散破旧，遮不住风雨；

110

一间破旧的土坯房，椽子也朽了，撑不住太多的岁月；矮门前的土路细长曲折，延伸到天边。日子平缓流淌，日复一日花开花落。少年坐在门口，看着近处的柿子树，忧郁眼神漫过孤山趟过泉水飞过白云穿过雾霾，爹爹在哪里呢？

春天的夜里，油灯昏黄，女人在窑洞里纺纱织布。孩子盯着灯下那个年轻寂寞的母亲，心里溢满了委屈怨怼，父亲在远处安了家落了户，忘记了他们娘俩。他看见天上月亮明晃晃，听见对面山上有笑声，织机猛然停住，接着又咿咿呀呀唱起来。

夏天到了，在一棵槐树边，在包谷林里，在棉田麦地里，母亲总是一脸平静，把悲苦伤痛埋进心底。

秋天的黄昏，他悄悄跟在母亲身后，见她走到山凹里的那块地边，手捏着土疙瘩，反复和土地商量，该咋办呢？老天爷，得熬到什么候？儿子非常聪明，族人商议让他学做生意，我不能拖后腿，想出去就出去吧，和老子一样也行。

当冬天来临，他做饭洗衣，烧炕熬粥，衣不解带，亲侍汤药。面对年老多病相依为命的继母，他恨恨发誓要守着这块地上养老下抚小，绝不离开母亲半步。就这样，他埋葬了闯荡世界的梦想，把锄头擦亮，把种子播在田间，把秧苗扶正，把药罐刷洗干净，煎熬一副副滚热的汤药，慰藉母亲冰凉的心灵。

伯伯的一生，说命运乖舛也好说平顺福气也行。生母丧命生父远离，一辈子有父却没抚爱过，无亲生母亲却有个继母全心全意来疼爱教诲，他对这块土地感情，是无法用语言来表达的。

饿殍遍地的时代，无依无靠的处境，隔断音讯走投无路的日子里，是这块土地，长出了小麦玉米大豆高粱，连同地坎上杂草茅蒿，养活了孤苦伶仃的母子。土地陪伴着他们，度过一个个无望的白天，一个个漆黑冰冷的夜晚。他们也用勤劳节俭、努力上进、孝敬无私、血汗泪水来回报土地的赐予。

　　而在另外一个地方，爷爷对一片土也投入了无限的情感。从记事起，我家就住在临街的一间杂货铺里，穿过窄窄的院子，打开后门，就是一块台地，约三四分。闲暇时，爷爷几乎每天都在这里忙活，务弄几窝辣椒，几颗蒜苗，几根刀豆，几颗向日葵，还有一片韭菜几行旱烟。每天他会从很远的河里挑水浇灌，从羊圈里买来羊粪施肥，奶奶说他种地像绣花。

　　七十九岁上，他被埋进异乡土地，做了土虫，但一定还惦念孤山脚下袁家村的这个山凹，惦念着祖先留下的这块土地吧？他这一生，期望家庭的团圆和美，但世事沧桑造化弄人，去世后埋在宁夏固原的一块水地里，山西运城也有一个"衣冠冢"，躺在相隔千里的两个"家"里，不知他是什么样的心情？

　　山西运城的坟地被铲平种上了庄稼，那么西海固的那块坟地呢？也是一样的命运。坟地是故去人的"家"，土地是养活活人的，当死人和活人开始争夺土地时，自然是要让步，所以当政府倡导迁移坟地时，我们决定搬迁爷爷"上山"。

　　跪在干燥的地方，我看见挖掘机伸进湿漉漉的泥地里，用铁爪掏出来的东西：棺木早被水泡朽了，湿淋淋；陶罐沾满了泥巴，脏兮兮；散乱的白骨躺了一地。父亲和弟弟小心翼翼地捡拾了骨骸，一根一根摆正，包在红布里，连同坟地上的一包土，装进另一口棺木。

　　万物归土，惟有博大厚重的土地，才能承载一切重负，消除一切隔膜，只要有种子秧苗，有阳光雨露，它便会回报人类果实与丰收。曾经埋了祖父的两块土地，完成了使命，以一块完整的庄稼地形象，留在后辈心中。爷爷一定会欣慰地接受这样的结局，因为他是那么的热爱自己的故乡，热爱这些后人，热爱自然万物，感恩身边的土地……

　　将自己化作肥料，滋养着土地，他欣慰地看到：春天来了，地里拥挤纷乱。麦子挤挤身子，冒出了细芽；玉米挤挤身子，抽出了新枝；大豆挤挤身子，绿意开始婆娑。野花遍地，蝴蝶蜜蜂喜逐颜开……

坟

桃树茂密成林，碗大的桃子露出绯红的脸庞；养鸡场里，几千只鸡叽叽喳喳，大声质问外来客；铁链拴着的灰狗，毫不客气地驱逐陌生人。我们跪在另一座土堆前，烧纸祭奠。土堆上长满了绿茵茵的杂草，看不出这是一座坟。

火光熊熊，冥币卷在一起，热浪扑面而来，父亲和哥哥用树枝拨开层层纸钱。火苗很快吞噬掉了大堆的纸钱，一只只黑色蝴蝶在空中漂浮了许久，最终落在了地山。这里住着的，就是爷爷的第二个老婆——我们劳苦功高的二奶奶。

小时候常听奶奶唠叨，家里日子最好时土地有多少，铺面有多大，有多少个伙计，有多少东西在邮寄回老家时被人独吞；还说因为二奶奶告状爷爷吃了官司，怎么坐的牢怎么败的家。我一只耳朵出一只耳朵进，还是隐约知道在山西有个老家，老家有个二奶奶，二奶奶有个儿子。何况一到过年，家里就会收到土布棉花柿饼核桃枣子杏仁等东西，还有用毛笔写的书信。还有爷爷身上的中式衬衣、脚下的千层底鞋，无不传递着另一种信息。

二奶奶就是家里的一颗病牙，带着无法忽视的疼，随时刮刺一下人们的神经。

作为大家族子弟，因为大奶奶生伯伯时"血潮"（难产）而亡，所以几声唢呐后，轿子就把一个女人抬进了家门。也许是前妻温柔贤惠的影子尚在，也许进门就是继母的角色，让年轻的心蒙上了灰尘，一对夫妻似乎有些隔阂生分，过门四年，自尊倔强落落寡欢的二奶奶也未生出一

113

男半女，这时动乱连连，衰败的子弟们各自出外谋生，爷爷毅然跟着族人走出孤山，一路远行，成为异乡之客。

据说年轻时爷爷一度也想回家，但日本人在这块土地上几次三番的侵占，烧光杀光抢光的罪行使逃亡在外的人不敢贸然回家。家在异乡客的心中越来越浓，脚步却越来越远。民国××年，国民党实行一夫一妻制，此时爷爷在宁夏已娶了妻生了子。二奶奶在家靠纺纱织布独自抚养不是亲生的儿子多年，自然心怀不满，在侄子张六娃的撺掇下，一纸诉状将爷爷告上法庭。爷爷被抓进监狱，家人变卖了所有的家产赎救。一场牢狱，斩断了夫妻间本就稀薄的情分，尽管也捎回银两纸币，但他再也没有回过家。

二奶奶拉扯着伯伯，一辈子未改嫁。解放后，爷爷选择留在宁夏。据说六零年二奶奶饿得吐血，晕死过几次，可那时家家食不果腹，更不用说接济老家了，失望仇恨日日积攒，山西宁夏的道路一度中断。

六十年后，爷爷再次回到故乡，二奶奶不说不闹，只是不理不睬。那时爷爷耳朵背了，二奶奶说什么也听不见，但他清楚亏欠了这女人一辈子。半生的忏悔不被原谅，半生的积怨难以冰释，一个月后，年老心酸的他回到宁夏，不久就走上黄泉路，再也不见。

而十几年后，二奶奶去世时，大雪普降，泪洒成河，几十里路上的人都前来送行，她的事迹一度成为楷模。为她的辛苦，为她的操劳，为她的坚守，为她的委屈，为她的节操，人们口口相传，立起了一座无字碑。

眼前的这座土坟，立在崖畔边，绿树掩映，杂草丛生。哥哥在这里办了养鸡场，日日住在身边。有最疼爱的孙子作伴，孤寂的老人会得到一丝慰藉。但在宁夏固原七营，爷爷和奶奶活着时候相守死去也相依。对这个守寡了几十年、孤单寂寞了一辈子的女人，老天何其残忍，人世何谈公平？

114

据说单是这个村，同样遭遇的女人就有几个。推而广之，秦晋大地上又有多少个同样的她？她和那些女人们，被当作商人妻子的楷模，成为人们引以为傲的样本。我忽然愤愤不平，为什么二奶奶们不改嫁呢？是不能维持生活的无奈，还是不敢走出的遗憾？是一女不嫁二夫的贞洁观念的浸染，还是守身如玉的情深意长？那些伸出手空空的日子，是无依无靠的凄凉；夜深人静时的叹息，是血泪凝结的悲伤；夜夜不停的织机，是弱女子们对命运的鸣唱。

我想起舒婷的一句诗：与其在悬崖上展览千年 \ 不如在爱人肩头痛哭一晚。

如果成千上万的纸钱能慰藉孤苦的魂灵，能安抚悲惨屈辱的一生，那么，就让我们这些后辈儿孙，多烧些纸钱来祭奠她吧。替先人忏悔，为亡者鸣冤吧！

我们的祖先，无论经受多少磨难，也会不言无语，把疼痛深深埋在心田。

没有什么比人，更会珍惜自己的土地。

没有什么比土，更能养育自己的子民。

在海外　关于中文的几个小片段

一

意大利威尼斯里亚托桥边，八月的烈日直射下来，烈火烹油般，晒得人浑身火辣辣。

全团人躲进小巷阴凉处，一个个红头胀脸，边吸吮手里软踏踏的冰激凌，边听中文说得很溜的意大利导游讲解坐威尼斯小舟要注意的事项。她说了半天，不见回应，就停下来，抬头瞅瞅一碧万里的天空，低头看看疲惫不堪的客人。

突然，她将手中的三角形小旗摇了摇，指着巷尾，我们可以到那边的一个中餐馆里休息。

所有人呀了一声，沿着小旗方向看过去。白色招牌上，"天津饭店"几个黑色汉字方正厚重，悬挂在一堆外文字母中，鲜亮夺目，熠熠生辉。在欧洲旅行了半个多月，走了十几个国家，只要看到熟悉的方块字，就像回到了家乡，见到了亲人，大家顿时面露喜色，扑了过去。

一进门，凉气扑面而来，被热汗泡透了的人，打了个激灵，一下子清醒了许多。点餐的，喝茶的，卖水果的，歇息的，聊天的，四处转着看的，偌大的餐馆挤满了华人，熙熙攘攘。

四五个服务员，典型的意大利人，黑卷发大眼睛，直钩鼻子黝黑皮肤，像一个模子里倒出来似的，身着统一的黑T恤，正弯腰点头，颔首微笑，用标准的中文回答各种问询，谦逊有礼，忙而有序。

我沿着箭头所指，找到了卫生间。正要推门，门却自动开了，一个白发矮胖的老婆婆气哼哼走出来。花白的短发，满是羊毛卷；圆领衫下，硕大的乳房颤巍巍；红黑相间的花裤子，裤脚束起；一个标准的国内广场舞大妈。

只见她身子向后一斜，拎出两个小孩来，低声呵斥，以后上厕所不准玩水！上完后记得洗手！听见了没有？

两个小孩，一男一女，黑卷发大眼睛，直钩鼻子黄皮肤，手舞足蹈，童声稚气地抢着说话，小嘴巴里吐出一串串意大利语，可爱极了。

老人低了头，看着湿漉漉的两双小手，两眼一瞪，说过多少遍了，把舌头给我捋顺，说中国话！

外婆，看……手把我洗了！大点的吐了吐舌头，迅速转换成中文。

小的奶声奶气，大眼睛扑闪了半天，才说，手……我也洗……外婆，看。

我洗手出来，见她坐在一张木凳上，怔怔地想着什么。两个孩子抱着平板，边看边笑。

她看了我一眼，哪里来的？

国内。

我知道是国内。国内哪里？

宁夏。

宁夏我去过吴忠，羊肉好吃，不膻。

我一下子兴奋了，阿姨，您哪里人？

福建闽侯。

闽侯我去也过，是个好地方啊。这您家餐馆？我环顾四周，大红灯笼，实木家具，圆桌木椅，财神蜡烛，海外中餐馆的标配。

女儿的，合伙开的。姊妹两个嫁了弟兄两个，她依旧气呼呼地，眼睛却紧盯着两个孩子。

您来意大利多少年了？

四年零十八天了。她长出了一口气，语速明显慢了下来。别人都说好命，两女都嫁外国，赚好多钱。可中国才是我家啊。心里不好，难受，就吵，都说我脾气不好。这里看的都是外国脸，没有在家踏实，也没人说家里话，心急。不留也不行，小孩子都不会说中国话了，我只能天天灌耳音，时间长了，他们慢慢也学会了一些。

她指给我看。那是小女儿，正准备回国呢，说现在国内更好赚钱，准备把孩子送回去读书。正门口，一个苗条的中国女人，正弯腰在冰柜里取东西。水红旗袍上的一朵朵白梅，雪打着瘦骨，暗香疏影。

这人啊，不管在哪个地方，舌头说的话不能忘，自己的家不能丢。

大孩子推开小的，跑过来，外婆，我要吃冰激凌。小的也咿呀呀跟着。

好！只要用中国话说，就奖励。她摸摸他们的头，站起来，一手拉一个，往柜台方向走。

全世界只有咱中国话好听！

二

冬日傍晚，从法国波尔多汽车站下车时，我看了看表，六点半。母女结束了在这座城市的探亲，要乘坐七点四十分的火车，回到女儿留学

118

期间合租的、巴黎的公寓。

夜幕低垂，席卷了整座城市。天空中飘着细雨，阴冷潮湿。波尔多和宁夏贺兰处在同一纬度，同样以葡萄酒闻名于世。如果不是远处的尖顶塔，近处哥特式建筑，感觉就是在家乡街头。

女儿拿出手机查看，地图显示火车站并不远，只需穿过一条狭窄的街道和一个广场。但她接了个电话后，就神色张皇：妈妈，我们必须在十分钟之内穿过这条街道！必须背好包！必须沿着笔直的道路大步往前走，千万不能跑！记住，路上遇见任何情况，都不能盯着看！

我环视四周，街上几乎没一个人。路面潮湿，到处是水涡。街道两旁黑乌乌，低矮的楼群，不见一盏窗口有亮光。墙壁上、楼面上，甚至铁栏杆上，都涂满了各种颜色的油漆涂料，画满了刺激的文字和符号。

我们紧紧靠在一起，将小包背包放在胸前，左手挽着右手，低着头，径直向前。道路尽头，灯火透亮处，攒着一群人，暗红色的小灯泡一闪一闪，是个酒吧。

经过酒吧时，我用余光扫过去。人不断进进出出，门一张一合，隐隐传来重金属音乐和嘈杂声。门口的人，不知为什么纷纷叫起来，迅速分为两波。高大健硕的身影，互相对峙；手里握着的酒瓶，有的砸向地面，有的在空中飞舞。垃圾箱被掀倒了，一个人用脚踹，一下又一下；一个人对着身边的铁栅栏，用木棍使劲砸，哐当哐当声，在暗夜里传得很远。人们边怪声怪气喊，边做着各种挑衅手势。

突然，里面又冲出来一伙人。枪声大作，鞭炮一样，在潮湿的空气中穿梭，闷闷地。一些人倒在了泥地上，一些人躲在建筑物后面，更多的人在街面上跳跃奔跑，倏尔不见。

妈妈，千万不敢看！就当作什么事都没发生一样，继续走！

警察呢？警察哪里去了？我浑身颤抖，冷汗直流，脚下却一步都不敢停，直戳戳往前。

隔着马路，枪声继续，呼啸而过，麻木的神经已在崩溃边缘。突然，墙角处，三个高大威猛的黑人迎面跑来，我下意识往两边看。黑乌乌的墙面，家家窗口冷冰冰地铁栏杆。前方右侧，一家阿拉伯人开的饭馆里，灯还亮着。

我拽着女儿，拼命跑过去，一把搡开玻璃门，几步跨了进去。

大胡子的阿拉伯老板见怪不怪，看着气喘吁吁的我们，我能帮你们什么呢？

惊魂未定，我胡乱指了指墙上挂着的菜单。女儿开始点餐。我走到靠墙的座位上坐下来，把眼镜用手擦擦戴上，才发现里面躲着的人很多。

一对白人夫妇，吃着类似于馕的东西，默不作声；一个年迈体弱的老人，手握一杯热巧克力，正襟危坐；三个亚裔女孩，浓眉大眼鼻梁高挺，美丽得让人窒息；两个被黑袍裹着的胖女人，窃窃私语。几个貌似清洁工的人，每人面前一盘米饭肉食，眼睛却盯着另一个墙角，那里高悬着一台旧电视。

电视画面中，西服革履的播报员舌头飞快，秃噜秃噜。女儿走过来说，从明早开始，戴高乐机场、巴黎地铁又要罢工了！又是一段不易出行的日子！我看着电视，抗议者沿街游走，高举双手，激动地高声呼喊。镜头一换，穿着墨绿色工服的地铁工作人员，排成长龙，举着抗议牌，散乱地站在市政府门前。

在国外，这些，都要学着习惯，她貌似淡定地自言自语，但我知道，脸色苍白的她，也被吓坏了。

似乎过了一个世纪，才听见警车呜呜叫，人们纷纷收拾起自己的东西，站起来，一个个推门出去。我们紧随其后。

警车上旋转的蓝色灯光，仿佛天上的明星，让人心里顿时亮晶了许多。车上下来三个警察，一女两男，双手握着枪，慢吞吞地站在十字路口，没有向前也没退后。

我们疾步奔过去。女儿拿出车票，对着女警察询问。金色短发的女人，面无表情地指着广场，那边，过去，就到了。快走。

居然是中文！

广场不大，四周光秃秃静悄悄，我们很快经过。一个人站起来，摇摇晃晃，对着我们大喊，还紧追了几步，然后倒在地上。

喊得什么？直到过了安检，坐在车站的旧沙发上，我才问。

富裕的中国人！女儿脸色转了过来，红润饱满，圆润光滑。

咋知道咱是中国人？

全欧洲，不，全世界都知道，中国人有钱嘛，我们相视而笑。

你看，凡是铺着报纸的地方，上面都有流浪者。

我定睛瞅，车站通道里，玻璃墙边界，暗黑拐角处，都有人，睡着的坐着的，沉默的呓语的。

我开始唠叨，在国内，我背个包拉着行李箱，走在任何一座城市，都没见过枪子满天飞的场面。去年自驾游，从青藏路进去川藏路出来，就没见过这么一次，而且越偏远的地方治安越好。

那是！世界上最安全的地方，在中国嘛！女儿慢悠悠说道。

三

一大早，拉开窗帘，蓝天碧空，阳光明媚，雾霾一扫而空，灰蒙蒙的巴黎，难得一见的好天气。去卢浮宫博物馆的票网上早已买好，母女俩急忙收拾好东西，出了门。

从地铁四号线导入二号线，快要到卢浮宫站时，就听见广播里传来标准的中文：先生们女士们，接下来要到达的是卢浮宫站。请您保管好随身物品，注意安全！

啊呀，地铁里都有中文提醒了？我一下子兴奋起来。

那有什么？本来就有的嘛！女儿嫌我大惊小怪。

以前没有。那时只有法文英文日文韩文，我忙解释。几年前，我曾跟随一个旅行团，一路跋涉，走过十几个国家，到过巴黎，来过卢浮宫。当时就发现，在购票处、导游服务处、宣传广告处，法文英文日文韩文都有，就是没有中文宣传册。

我的妈妈，现在你进去看看就知道了，女儿笑着说。

卢浮宫依然人潮如海，依然华人面孔居多，依旧要检查包箱，依然要验证身份。和煦的阳光撒下来，透过明亮的玻璃，贝律铭的倒置金字塔和石质小金字塔尖相对应，金光闪闪，使灰暗的拿破仑厅十分明亮，艺术气息扑面而来。电梯进入地下层，女儿指着地面说，老妈，看看脚下，再看台阶。

沿着花色繁复、文艺范十足的大理石地面，箭头指示四面铺开。各个台阶上，一个个方块字，和其他语言的标识混合在一起，一直延伸到楼上楼下各个展厅。

台阶上都有中文标志？！

女儿笑着点点头，你慢慢看，我去拿票。

票很快拿来了，还有精美的宣传册。我惊喜地翻开，中文繁体版，中文简体版，各个馆藏文物、经典画作配上汉语介绍，简洁明了，一目了然。

就着宣传册，一路浏览，在各个楼层的旅游产品专卖店，多是中文痕迹；雨伞、扇子、围巾、瓷器、灯笼、打火机等，多是义乌的商品。看着金发碧眼的美女帅哥，用流利的中文对一个个旅游者介绍，礼貌周到，自豪感油然而生。

才几年天气，变化就这么大？我由衷感叹。

嘿嘿，全世界都知道，中国人爱旅游嘛！

四

有人说，去法国旅行，在波尔多喝完红酒，在普罗旺斯看过薰衣草，剩下的就是在巴黎购物了。这不，春节第一天，我们就到了巴黎老佛爷，进行第 N 次的逛街。

老佛爷百货商场，精美绝伦的彩绘玻璃穹顶，凸凹有致的流光溢彩包厢，琳琅满目的高档商品，奢华高调的装修风格，惊艳壮观，既像华丽的宫殿，又像庄重典雅的歌剧院。各个楼层，挤满了前来参观购物的游客，外国面孔也有，大多是服务员；华人面孔更多，都是消费者。加上火红的灯笼、盘旋的金龙、"福"字和金猪的图案，简直就是北京的王府井、上海的南京路。

在购物区，队伍如条条弯曲的河流，盘绕在各个国际品牌店铺前，大多是华人。古驰、路易威登专卖店里，导购员、服务员忙忙碌碌，不停地用中文说，手里的计算器不停地摁。经典款、限量版的衣服鞋包卖出去，金卡银卡一遍遍刷过去。

在休息区，男人们坐在沙发看手机，孩子在游乐室里跳来跳去，老人们抱着衣服盯着周围一大圈的购物袋。一时恍惚如梦，忘记了身在异国他乡，还是国内的某个大型商场。

全世界都知道，中国人爱买买买的嘛！女儿笑着补充。

五

河谷购物中心，真是传说中的购物天堂。

黑人白人，亚裔西裔，高的矮的，胖的瘦的，人人手里大包小包，满满当当。无论是香水护肤品、皮包鞋子，还是貂皮大衣丝绸连衣裙，只要是奢侈品专卖店，都有中文导购。只要走进去，总会有一个说普通话的人来迎接你。

您看看这个貂皮大衣，二折，很划得来，刚才一个大姐毫不眨眼就拿了三件。长相甜美、个子不高的服务员自豪地说。

在咖啡厅，对面坐着两对夫妇，大妈大爷是浙江人，年轻人是湖南的。大家攀谈了起来。

闺女，你说这出了趟国，咋像在自家门口逛商场一样，都是咱国家人啊？

年轻的女人笑着解释，大妈，说明咱日子好了嘛。我们在银座，在首尔，在巴黎，在伦敦，看见的都是自己人。在意大利，在瑞士，在巴西，一转身，周围密密麻麻的，多是一句外语都不会的中国大妈大爷呢。

大爷感慨万千，年轻时吃都吃不饱，哪敢想到外国来呢？现在社会越来越好了，日子蒸蒸日上，吃吃喝喝，游游逛逛，买买看看，多好啊。祖国强，则人民安嘛！

小伙子点点头，是啊。只有国家统一，和平安定，老百姓才有条件四处旅游，才会走出来转转看看。

大妈继续说，就是前几年，我也不敢想会坐着飞机周游世界！当年我的梦想就是吃饱穿暖，现在都超了无数倍啦。

黄发碧眼的服务员走过来，边笑边用中文说：请问你们喝什么？茶还是咖啡？

中国的龙井，大爷看着菜单说。

好唻。中国茶，这个！服务员竖起了大拇指。

六

天是粉红色，水是赭黄色，风车是洁白色，屋顶是绛紫色，油画般的色彩中，一阵冷风吹过，人冻得直打颤。荷兰阿姆斯特丹的风车小镇上，沿着长长的堤坝边走边拍照的，几乎都是华人。

七点半，最后一趟公交，人们有的看着窗外，有的看着手机，有的看相机里的照片。不一会儿，在摇摇晃晃中进入了梦乡。突然，传来鹦鹉般的叫声，你好你好，醒啦醒啦！

人们在惊讶中醒过来，见红胡子的司机回头一笑，指玻璃窗外的车站，到站啦！到站啦！

全车人噗哧一笑，嘿嘿，好纯粹的中文！

我去过中国三次啦，学中文已经四年啦，会说很多很多的中国话。我现在好好赚钱啦，就是想再去中国看看。现在咱们在一起，就是那个……近在眼前远在极地也是同胞的诗……嗯，怎么说？他不好意思地问。

相知无远近，万里尚为邻，圆眼睛的少女接了一句。

对对对。我还想吃麻辣烫，串串香，全聚德啦；还有圆圆的、那个甜的……他急得用手比划。

汤圆！阿拉上海人吃的。一个小孩子大声说。

人们大笑起，中国欢迎你，中国美食欢迎你！

一定会再去的。地球人都知道，美食在中国嘛！

七

在法国，在比利时，在西班牙，在巴西，华为手机专卖店静静地躺在最繁华地段的店铺里，诠释一个叫民族崛起的概念。

在布鲁塞尔街角的小饰品店，挑选好东西，一张年轻俊朗的脸笑眯眯凑过来，对着橱窗上的二维码，美女们，请用支付宝付款。

装好了大象牌巧克力，笔直修长的白人店员，颔首致意，指指微信二维码，双肩耸起，连连称赞。

回国的机舱里，后排几位老人谈性正浓。

上一次厕所就要 1.5 欧元，算下来人民币十几块钱，哎呀，太贵了！在国内，其他不说，公共厕所可是遍地有，尤其是大一点的旅游景点，厕所的豪华便捷那是没说的。

咱的地铁隧道里，一律瓷砖贴面，干净地和家里锅台一样。哪像这地铁，除了站点外，其他墙面都是黑洞，还涂抹地乱七八糟。

咱们的动车，准时准点，决不延误，那叫一个高大上。

七十年的和平，可是少有的。你看咱现在的生活发生了多大的变化，以后日子会更好的。强大的祖国，才是老百姓幸福生活的保障嘛！咱争取多活几年，把这好日子多享受享受。

说到入情处，他们情不自禁地哼起歌来：我和我的祖国，一刻也不能分割；无论我走到哪里，都唱着一首赞歌……

八

在海外公寓里，祖孙三代围在一起吃饭，中文频道里的消息引起了白发苍苍的母亲注意：由国家汉办和中央电视台联合主办的第六届"汉语桥"在华留学生汉语大赛日前落下帷幕。来自 50 个国家（地区）的选手报名参赛，年龄最小的 18 岁，最大的 52 岁，参赛人数创历史新高。这形象地折射出了近年来的"汉语热"现象……

她看着电视里的画面，惊讶地说，原以为我这西海固的老婆子，不会说外国话的人，出门就丢了，现在才知道，人家是能听懂咱中国话的。

大家都笑了起来。

女儿说，奶奶，你放心，丢不了的。用不了多久，咱到世界上任何一个国家，都有人能听懂你说的话。

电视里继续解说：目前，共有 60 多个国家和地区通过颁布法令政令等形式，将汉语教学纳入国民教育体系；有 170 多个国家开设了汉语课程或汉语专业。学中文和了解中国不再只是兴趣，更是一项重要的技能……

学咱们国家的话还要考试？

那当然了！汉语水平考试叫 HSK，很多外国人都在备考呢。

他们为啥要学？

学会了做生意、旅游、找工作都方便啊。

妹妹解释说，我们科室几个外国专家，都报名参加汉语水平考试呢。他们生怕通不过，每天都找我说话。

奶奶，在海外，学汉语也是一项很不错的投资哦。现在谁不会中文就已经落伍了，跟不上国际潮流啦！

九

在国外，大多数中国留学生和当地学生都会结成对子，互相学习对方的语言文化，女儿也不例外。

和女儿结对子的是巴黎大学的奥贝尔，一个研究十九世纪外国文学的研究生，丰满的身材加上一头金黄色的短发，让她看起来随和中又不乏个性。

可爱的她起初话不多，脸上总是挂着亲切的笑容，每天一进门，就认真而吃力地念着：学会感恩。挽回所失去的。我要做白领。我想去海南和桂林。

渐渐地，她能流畅地表达自己心意了，就说自己结了婚又离了，目前一心想到中国定居、工作。她把学中文看作是帮助自己发展提升的一种实用工具。

她说由于中国经济增长、综合国力增强等因素，周围学中文的人越来越多。自己在这里学习，回家再教给母亲。母亲已答应她要是通过

HSK，就奖励她一张去中国旅行的机票。

她说汉语和其他语言不一样，是世界上最古老却最为稳定延续的语言；也是当今世界上作为母语使用人数最多的语言；是一门极为科学的语言，也是极具魅力的语言。最喜欢中国人孝道文化，

她说，汉语大热是中国文化在世界影响力不断增强的体现。中文对英语国家的冲击非常大，这是强势文化冲击下的必然。

她说是中国的强盛使古老的历史、灿烂的文化显示出了超强的活力，从而吸引着自己和众多爱好者的目光；随着中国在世界上的地位变化，中文还有更大的发展潜力。

后来，她的观点就非常鲜明，颇有思想家的味道了。

她说，文化传承的载体非常重要，语言的力量是在不知不觉间进行的。从语言到文字，从文字再到文化再到意识形态，是个缓慢而迅猛的过程。

她说，如果某种文化改造了你，你也会自觉自愿地进入那种文化。那是一种不可抗拒的力量。

她说舌头的力量，体现在一个国家的经济政治文化发展中，体现在综合国力上，体现在一个民族的智慧与价值上。

我们由衷地说，你绝对能通过 HSK 六级，你都能做外交大使了！

十

小朋友啊，请把刚才丢在地上的塑料袋捡起来，放到垃圾桶里好吗？出了门，咱就代表着中华人民共和国，可不能给祖国丢脸啊！

在比利时布鲁日的巧克力博物馆门口，大家正在台阶上休息，全身迷彩服的中年人，笑眯眯地对一个五六岁的同胞说。

对啊，孩子，热爱祖国不能光喊口号，要体现在每一件小事上，每

一个细节上，旁边的大爷也跟着说。

对不起，叔叔爷爷，我错了。胖胖的小男孩吐了吐舌头，弯下腰，拾起地上的杂物，一路小跑，放进了垃圾箱。

对不起各位了，是我们家教不严，给大家道歉了，高挑美丽的妈妈站起来，真诚地道歉。

帅气高大的父亲也站起来说，我家孩子做错了。我惩罚他今天明天不准吃一块巧克力，负责收拾全家的行李，还要把家训背十遍。

娃已知道错了，就不要罚了嘛，这么点碎（小）人人，眼泪都下来了。陕西大妈心疼地一把拉在怀里。毛爷爷都说知错就改还是好的嘛，娃碎（小）着呢，不懂事。

就是因为年龄小才要严格教育，立了规矩就要遵守，犯了错就一定惩戒，不然下次又忘了，年轻的父亲毫不让步。

瞧瞧这家人，多懂事啊！不像有的年轻人，明明自家娃做错了还装看不见，谁指出来就和人家吵，家教不好，大妈感喟万千。

对！知错就改善莫大焉。注重家庭、注重家教、注重家风是中华民族传统文化的重要一部分，是每个人都要坚守的。我们不但要从自己做起，还要给儿孙们说，引导他们一代代传下去，大爷高兴地站了起来。

老头子啊，你咋到哪里都不忘讲这些？人家娃娃们都不爱听。

大爷义正言辞地说，我就是要讲，讲给每个人知道。咱老祖先说家风正，则后代正，则源头正，则国正；所谓治国必先齐其家者，其家不可教而能教人者，无之……

哎呀呀，你这酸秀才上纲上线的，把人耳朵都吵聋啦。

大家都哈哈笑起来。

一直默默喝水的中年导游抬起头，我坚决同意大爷的观点。多年来，我一直在海外带团，亲眼所见的、亲身经历的不守规矩的事很多，但近几年变化非常大，我们的同胞越来越文明，素养高，品德好。我觉得做一个合格的公民的标准很多，最起码要文明有礼、自强自立、诚实守信，当然还有尽责奉献、尊老爱亲、助人为乐……

说说看，你觉得咱中华五千年文化最吸引世界的是哪些？人们自动围上来，坐成了一圈。

武术、诗词、语言、文字、书法、京剧、旗袍、美食……每个文化符号都用自己特有的形式讲述着中国故事，吸引着世界各国人的目光。强盛的祖国，稳定的祖国，和平的祖国，就是我们这些海外人最大的依靠。富裕的人民，文明的同胞，源源不断的旅行者，就是我们的生存保障。这种种变化，都是国运昌盛、文化自信的表现。我们这些旅居者呢？打心眼里都高兴，都自豪。我现在最爱的，就是古典诗词，天天在手机上看诗词大会呢。

擦干眼泪的小子，突然从大妈怀里站起来，张口就背："不畏浮云遮望眼，自缘身在最高层""宝剑锋从磨砺出，梅花香自苦寒来"。

中年导游随口接起来："少年智则国智，少年富则国富，少年强则国强，少年独立则国独立，少年自由则国自由，少年进步则国进步，少年胜于欧洲则国胜于欧洲，少年雄于地球则国雄于地球。"

大爷不甘居后，站了起来："先天下之忧而忧，后天下之乐而乐""人生自古谁无死，留取丹心照汗青""天下兴亡，匹夫有责"……

老中少三代人的现场诗词接龙，激情四射，铿锵有力。那声音清晰洪亮，响遏云霄，不但传递着一种意境、韵味和风骨，而且回响着一种民族魂灵。它在告诉人们：传统文化就在我们身边，就在俯身可拾的地方；文化自信，镌刻在每一个华人的心中。

不知不觉，身边围起来一大圈人，中国人外国人、男人女人、老的少的，人们起先惊讶地望着他们，继而肃然地拍起手来。

晚上，女儿郑重地宣布，从现在起，我要把秦文汉赋、唐诗宋词从头拾起，一点点学过去。我现在的梦想就是把汉语学得更深入透彻，将来当个翻译家，让世界人民更方便、深入地了解中国，了解中国人，了解中国语言，研究和学习中国文化，把我们文化的精髓传播到四面八方！

教室　黑板和粉笔的故事

一大早，学校微信群里就通知各教研组按照安排去录课，没课的老师也跟着去听。语文教研组参加录课的是年轻同事小王，所以大家说说笑笑一起到了实验楼。

多功能录课室由一间教室改造而成，面积虽不大，却像个安静港湾，躺在五楼拐角处。蓝色地板平整光滑，一尘不染；墙面上涂了青苹果色，清新自然；深蓝色的课桌摆放有序，如海洋里整装待发的帆船；学生们精神抖擞，望着正前方白色屏幕。

录课开始了，摄像机自动进入录制状态。"春江潮水连海平，海上明月共潮生"，小王脸上洋溢着自信的笑容，带领师生齐声诵读《春江花月夜》。无线激光笔（电子教鞭）一闪，背景音乐就低低响起，电子白板上变换着一幅幅精美的图片，营造出一种古典意境。人们似乎一下子穿越到了唐代。

当下课铃猛然响起，大家才从沉思中醒了过来。这节课环节完整，干净利落，情景设置堪称完美。录课的司老师打开摄录机，边请大家看效果边说："微课上传到网络上，既可供本校教师观摩评议、相互学习，还可进行远程交互，便于资源共享。它可是集精品课堂、名师课堂、优秀课堂于一身的平台……"

大家七嘴八舌地议论起来。

"现在的学生可真幸福！出身在最好的时代，在这么好的环境里读书，享受着最好的资源。"

"没想到咱这偏远山区的娃娃，也能在高科技教室里上课了。我这辈子能用电子白板电子笔上课，还能录课。"

"现在上课就像拍电影。听说以后咱就和主持人一样，手一点屏幕，内容就出来了。"

"真想再年轻几十岁，把以后的世事看一看，就怕鞋脱了都撵不上啦。"即将退休的老李连声感慨，惹得人哈哈大笑。

"你别急，按现在的速度发展，咱这些西海固羊把势（放羊娃）的后代，也能活个一百多岁，"同年龄段的老张笑着说，"几十年光阴呼啦啦过去了，很多日子就在眼前晃。这些年的变化太大了，谁来说一说自己的故事呢？"

"我先讲"，老李说，"我就讲个教室、黑板和粉笔的故事吧。"人们顿时静下来，跟着他回到了旧日时光。

一

"王校长，你就收下这娃吧。她大在煤矿上挖煤，我一个人拉扯着四个，还要上工挣工分……"我藏在母亲身后，看着她给对面的大个子老师说。"四岁半，长得还没板凳高。你叫啥名字？"他突然转向我问。

"丑丑。"我觉得自己像只蚊子。"这是小名。连个官名（正式名字）都没有，还来念书？"老师走过来，笑着摸摸我头。

母亲也笑："这几座山的娃，哪个名字不是你取的？你就随便给取一个吧。""我看就叫个地老鼠，这娃像才从奶头上跌下来的嘛。"窑洞里，人们都笑，我又气又羞，转身跑了出去。

第二天，母亲就给我一个花书包，郑重地说："你现在是有官名的人了。到学校不敢学着拐（坏），要好好念书守规矩，将来识文断字的，心里也明亮，不要和我和你大一样是个睁眼瞎，双手写不出个八字。"我点点头，就跟着隔壁的小宁哥来到学校。

老师带我到一座土窑前，指着靠墙角的一个位置："你就坐那儿吧"。我怯怯走进去，低头用余光一扫，一群娃娃抬头盯着我看。"教室"里，学生全挤在一起，吵吵闹闹，有的还哭哭啼啼。几个随班就读（学前班）的娃娃，像才从豆荚里掉出来的，满地乱滚。教室里，凳子是几页胡基（土坯）垒成的，桌子也是土台子；黑板是涂了黑灰的一块窑壁。粉笔呢？就是河滩上挖来的红胶泥，做成半圆或长条状，晒干了就能用。我妈做衣服常常用来画布印子的东西。

我坐了半天，直到奇怪的声音响起，才跟着大家跑出去。一个黑胡子的老男人正拿根铁铲，使劲敲着老榆树上的半截铁锅。隔壁也是一个"教室"，里面都是些大娃娃。两座"教室"都塌了，没门没窗，听说是地摇（海原大地震）后残留的箍窑。

每天早上，我们都会先坐在"座位"上，看王老师用"粉笔"一笔一划地写着"中国""人口手"。"记下了吗？"老师威严地问，大家连连点点头，其实真没记下多少，因为"粉笔"在"黑板"上画了一道道土印，很多都看不清。

在这样的"教室"里上课，最惬意的是夏天。每天太阳都热烘烘地挂在天上，窑洞里亮堂堂，我们认真地背书列算式，虽然有时阳光太刺眼，看不清"黑板"上的字；但大家还是觉得很幸福，因为其他三季都不好过。春天似乎天天刮风，大风卷着黄土扑过来，天地都是黄的，土都能把人吃（掩埋）了。尤其是过沙尘暴，狂风挟裹沙粒打在脸上，生疼生疼，牙缝里都是沙子，吃饭时磨得满嘴火烧一样。秋天呢？一下雨，雨丝就扑进来，"教室"里没一块干地，我们只好挤在角落里，像一堆浑身湿透了的鸡娃子。最难过的还是冬天，当北风夹杂着雪渣扑打过来时，我们的手脚上布满了皲裂，脸上耳朵上全是冻疮。白天还能忍受，晚上睡在热乎乎的土炕上，奇痒无比。

每天上课前，老师都会先让我们沿着"操场"跑圈圈，跑得浑身发热才上课。可不大一会儿，浑身又像泼了冷水刺骨寒。老师在"黑板"上列算式，大家就在下面集体跺脚，盼着赶快下课。老榆树上的半截铁锅一响，所有人就迅速跑到向阳面去"晒暖暖"。女孩子们排成一排，挤在一起用身体取暖，叫"挤油油"。男孩们当然闲不住，将一条腿用手抱起，另一条腿跳跃着互相追逐，成群结队地"斗鸡"。不管哪种游戏，人人都玩得满头大汗，不然那冰窖般的"教室"，谁也不愿进去。

四年级时，老师们开始手提一个木板做成的涂了黑墨的"小黑板"。尽管木板纹理粗糙还有裂痕，看上去就像我奶奶的脸，字写上去也歪歪扭扭不好看，但已经有了真正的黑板，也有了粉笔。虽然手指一样粗的白粉笔一写就断成几截，可我们还是眼巴巴地盯着老师，盼望得到一点粉笔头。可是每次都很失望，因为老师一节课也只分到一根，也不够用。

到上了初中，终于搬进了真正的教室——一间瓦房。教室里，"胡基"变成了木凳，土台变成了木桌，黑板也变成了长方形的水泥面。我们兴奋地满院跑趟子，像过年一样。这时的我已是学习委员了，擦黑板成了我的专利，保管粉笔也是对我这个好学生的最高奖励。我认真履行着职责，光荣得像个解放军。父亲还用木头做了一个粉笔盒和一根教鞭，老师笑着接受了。教鞭不用时就挂在黑板旁的木钉上，似乎是无言的威慑。粉笔盒里装着的粉笔，没一个同学敢随便动。上课时，语文老师拿着教鞭指着黑板上的生字领读，然后边讲边板书，一节课下来，黑板上就是一幅优美的图画。数学老师爱列算式，很快就写满一黑板，写完就擦，教室里经常弥漫着"粉笔雾"。那些灰尘飘飘洒洒落在他身上，落在前排同学身上，下了课，老师就成了浑身白灰的粉刷匠。

改革的春风不仅吹进了各个角落，也吹进了校园。我们的教室成了大瓦房，黑板也变成了木制的正式黑板，而且前后都有。鲜红的五星红旗悬挂在黑板正上方，整个教室气氛庄严肃穆起来。学校还经常举行黑板报比赛，同学们集思广益，设计构图，写写画画，摩拳擦掌地准备拿第一。板报完成了，大家看着那用彩色粉笔精心设计的图画，用各种字体写出的内容，久久不愿散去。

冬天到了，学校发了铁炉子，还规定了值日，即每位同学轮流从家里拿柴禾来生火。坐在暖融融的教室里读书，本是件很美好的事，但那煤烟味熏得人恶心呕吐，吃不下饭。化学老师说这是一氧化碳，会中毒，让我们随时注意通风，大家就小心翼翼地开门开窗。可每个冬天，都会听到人被煤烟打死的消息，而且小学生居多。

17 岁那年，我考进了一座中专，除了能吃上免费的饭菜外，每月还有一定数额的助学金，一下子成为村里人羡慕的对象，可我觉得这些都不算什么，我最喜欢的还是大教室和图书馆。宽敞明亮的大教室里，很多人坐在一起，听博学的老师讲古今中外文学家教育家的故事。和煦的阳光洒进来，金色光晕一圈一圈；暖气从铁黑色管道里散出来，就像躺在母亲的怀抱里。图书馆里，一排排书架上，浩瀚如海的书籍等着人们去借阅；一本本报刊杂志躺在书桌上，等着求学若渴的人去浏览。我觉得天堂就是这个样子。

因为知道以后的职业是教书育人，一有空闲我们就在黑板上练板书。黑板是镶嵌着玻璃的，光滑无比。彩色粉笔装满了盒子，想怎么用就怎么用。有黑板有粉笔的日子那么幸福啊！大家从不糟蹋，总要写到手指磨疼了才舍弃那点粉笔头，都是农村出来的人，谁也不会忘本。

毕业后，我又回到母校，和父辈一起，站在熟悉的讲台上。教室还是那个教室，可黑板已变成了墨绿色的玻璃板面，摸上去就像爱人的脸。讲台下一排排课桌椅整整齐齐。那些年，我用过木头做的教鞭，也用过电视天线一样的伸缩式教鞭；用过一碰就碎成渣渣的粉笔，用过坚硬如铁只能划出个白点的粉笔。毕业后，我准备复习考研究生，但因为家庭变故不得不放弃。看到我消沉的样子，老校长语重心长地说，咱这地方出个人不容易，都想跑出去，家里的娃娃咋办？人这一生，活着的意义到底是什么？教师这个职业虽然带不来荣华富贵，但为家乡做点贡献同样有成就感。

　　就这样，我就一直呆在这个学校。这些年，我亲眼目睹了教育上的巨大变化：旧房子拆除了，变成了小高楼；围墙竖了起来，还修了花园。春天来了，红楼青瓦，国旗飘扬；松柏杨柳，婆娑起舞；小草芬芳，槐花飘香。在咱西海固，学校是最美的建筑，教室里一律安上了暖气，再也不会担心学生煤气中毒了。还有了投影仪、幻灯片，演示着抽象的知识点。紧接着，微机室、实验室、活动室、音乐室、绘画室等功能室全部建了起来。以前学生最愁物理化学，现在早早就等在实验室门口，准备做实验。我也紧跟潮流，不断钻研业务，提升自己，把各种教学仪器应运自如。

　　再后来，变化就用日新月异这个词来形容了。九年制义务教育开始了，学生们不但免除了书本费学杂费，连吃饭住宿都有人管。营养早餐加午餐，牛肉鸡蛋加牛奶；助学金奖学金，低保救助，建档立卡，政策好的不得了。只要学生来读书，几乎不用家长操心。教室里，不但安装了多媒体机，还连了网，鼠标一点，需要什么瞬间就可得到。黑板成了三块，中间就是多媒体的大屏幕，可以随时升降，配合激光笔使用。粉笔的质量越好了，几乎没灰尘。国家还给每个教师配发了电脑，备课查资料都在网上进行。

我学会了制作课件，上传教学设计，参加各种课题研究，日子就在忙碌和充实中度过。接着，翻转课堂微课堂出现了，各种网络培训也不时进行，远程教育如火如荼，异地同构成为现实。教鞭已退出了历史舞台，粉笔也将成为旧物，念书的娃娃成了最幸福的人。政策真好啊，每个人都在感叹。一定要好好念书，考上大学，做个有知识、对社会用贡献的人，每个父母都这样期盼。

　　听说不久的将来，新的课堂模式是智能教室，黑板也将变成四面触屏的，到那时，一个教室就是一个世界。咱这些当老师的，如果不和学生一起好好学习，也会被时代淘汰掉的，所以一定要和时代同进步啊。

　　嗳，四十年，放在一个人身上，是一段漫长的时光；放在国家层面，不过是一段短暂的经历；放在大时代中，只是一个发展节点。说实话，这些年我眼见的听见的，衣食住行，旅行采买，国家实力，哪一样不是翻天覆地的变化？

　　我就想，从半个塌窑到录课室，从土台子到触屏一体机，从胶泥粉笔到激光指示器，单是硬件的变化，用光速一词也毫不夸张。我呢？从一个吃不饱穿不暖的山里娃，能成为家乡教育战线上的一个兵，作为教育发展的亲历者见证者，真是既欣慰又荣幸。以后的日子里，咱的教室一定会更现代化，教具将更加先进，教育环境会更好。我们的学生呢？也将更努力，为家为国为民族担当一份重任。我们这些老家伙，即使退休了，也要发挥一点余热，为社会做些力所能及的贡献，比如说把自己的经历说给后人听，也是不错的选择。现在，我的故事讲完了，接下来你们谁来讲呢？

　　大家使劲拍着巴掌，然后，一个个讲起了自己的故事。

一盏灯的诉说

一

　　冬日，暗夜，寒气刺骨，狂风大作，一个窑洞的土炕上，挤满了熟睡的人。少女睡不着，从被窝里探出汗涔涔的头瞅着"窗户"。北风像个暴怒的汉子，裹挟了雪渣扑打过来，撕扯着那片用羊毛破毡做成的、厚重的"窗纸"。她竖起耳朵聆听，忧心忡忡地想，要是一年四季只有夏天该多好啊，要是能有盏月亮一样明亮的灯该有多好啊。翻过年就要出嫁了，还有好几双鞋垫没做完，几个枕头套没绣成，听说婆家有六个哥哥嫂子，作为最小的一个，自己进门没个见面礼，不知人家会怎么低看几分呢。奶奶和母亲说起这些时，她虽没问，心里却吃了力。可手上的活太多了，即使白天黑夜赶着做，也做不完的。何况白天里还有无数活在等着她，哪里有时间做针线呢？无数个有月亮的夜晚，她都坐在窗户前，就着明亮的月光绣花纳鞋底，一针一线里缀满了对未来日子的向往。可不是每个晚上都有月亮啊，就像今晚，冰天雪地的，黑乌乌地，在没灯

138

盏的窑里做针线根本不可能。她长长叹了口气。

土炕那边，奶奶的声音低低传了过来：我娃咋不好好睡？明天还要搡一天的磨子呢。她说奶奶我睡不着啊。奶奶哽咽着，哎，地摇了，人死了无数，年成又不好，缺吃少穿的，还天天跑土匪过队伍，家里穷得像风刮了一样。知道我娃惦记着做活，可咱家穷得连一盏灯都点不起啊……没有麦面也没点荞面，没点清油没有棉花，就是想点个荞面灯盏都没有……我娃在家的日子越来越少了，命苦啊！

她把头缩进烂棉絮里，眼泪滚成了一条河，瞬间淌满了耳蜗。

二

夏天，深夜，凉爽温柔的清风，轻轻抚摸着糊了牛皮纸的窗户。窗纸一张一翕，像个俏皮小子。紫槐香沿着木窗缝隙钻进来，好闻极了。女孩看了一眼睡熟了的妹妹，替黑红脸蛋的弟弟盖好被子，转身趴在一张炕桌上写字。桌上摆着一个小小的灯盏，是灌了煤油的空墨水瓶做成。灯芯呢？从棉衣里拽出一撮棉花，揉搓成条就可以了。不一会儿，豆大的灯光就来回晃荡，一股股黑烟冒出来，喷在脸上鼻子上，眼睛就看不清东西了。她直起身，拿起笸篮里的剪刀，小心翼翼地剪去一截烛花，灯光亮了一下子，又亮了一下，但随即又暗了下去。女孩只好双手端起灯盏，盯着透亮的玻璃瓶看。没煤油了，得灌点。她搡过炕桌，爬下炕头，穿上鞋子，熟练地走到土屋拐角，把曾装着奶奶的安乃近如今装着煤油的大黑瓶拿起上了炕。

就瓶底那点了，你可得省着点用啊，今年的煤油票都用完了。这天天晚上点灯熬油的，后半年全家都得跟着你摸黑呀？土炕那边，母亲不知啥时候醒过来，低声唠叨着。布票太少了，想给你奶奶做件新衣服，也没个指望。米票得攒下来，过年时来个亲戚用。就是肉票白白放着，一年四季就没见过个肉星星。你弟弟还天天嚷着吃肉，吃啥呢？几年都不见荤腥味了。哎，你大要活着……风停了，夜更静了，煤油灯摇曳一豆火焰，扑闪扑闪。女孩怔怔地坐了好久，噗嗤一声，灯灭了，土屋陷入了无边黑暗。

第二天清晨，她瞅着半块镜中的自己，不由苦笑了一声。煤油灯浓浓的烟雾，把一张俊俏的脸熏得黑黄不堪，两个鼻孔更是焦黑一团，难怪弟弟说自己像个猪八戒。她用木梳使劲梳额头一撮干硬的头发，那是看书时离灯太近被烧焦的，然后把作业本装进花书包，挂在了木门背后，平静地对母亲说，妈，我不想念书了，也给咱挣工分，挣各种票去。母亲一愣，背过身去，哽咽着，什么也没说。

奶奶挪动着小脚，走过来抱住她，娃，没办法啊，咱就是土里刨着吃的命。

三

秋夜，细雨飘飘，阴冷潮湿，冻得人跑趟子。家家大门敞开着，全村没一个人睡觉，挤在大队部里，期盼着一个叫做电的东西。就连奶奶，也被母亲裹了塑料雨布背来了，和其他老人一起坐在长凳上，焦急地等待着那激动人心的一刻。老人盯着悬在木梁上的细线，看着线头上挂着的小白葫芦，悄悄问，这么小的东西，点起来能有多亮？女孩摇摇头，她不知道，也想象不来。电工把村里的线路都装好，又仔细检查了几遍，披着雨布跑回来了。他环视着瓦房，笑着命令大家，把眼睛都闭住啊！所有人屏住呼吸，使劲闭了眼。女孩透过手缝，见一只大手将一个黑色盒子推上去。哗地一下，屋里铺满了闪电般的红光，亮得就像白天。人们猛然睁开眼，张大嘴巴互相看着，然后又叫又笑。奶奶吓得抱住女孩，捂着胸口连连喘气。

漆黑的夜里，到处是耀眼的灯盏，到处闪着明亮的光，整个村庄都沸腾了。再也不用油灯照明了！雨地里，人们不怕泥泞不怕潮湿，背起自家老人就往回跑。孩子们唱着"玻璃瓶，插根藤；藤上开花明又明"的歌谣，在泥地里蹦跶，从这家跑到那家，也没人嫌踩脏了砖铺的地面。男人们抽着烟喝着酒，面红耳赤地边争论国家大事边看这远处的灯。姑娘、媳妇子拿了镜子在灯下照，议论能不能看清楚脸上的晒斑。那一夜，每家每户都没灭灯，电灯整整亮了一个晚上。

母亲却扭头对欢喜雀跃的女孩说，我这辈子最难肠（难过）的事就是没念成个书。哎，那时家里没煤油点盏灯……这话她说了无数遍，但流泪说还是第一次。女孩懂事地点点头，拿出书本坐在桌椅前，静静地看书写字。以后的很多个夜晚，她都会想起母亲的话。

明亮的电灯下，踩着缝纫机的母亲，容光焕发，精气神十足，再也不会缝缝补补又三年了，街上流行什么漂亮衣服，母亲就做出来给女儿穿。昏黄的路灯下，赶集回来的母亲麻利地跳下自行车，从车把上挂着的包里掏出各种好吃的，孩子们笑闹着一抢而光。天快亮了，母亲拉开灯，瞅一眼腕上的手表，大声喊快快起床，要迟到了。每一个夜里，母亲看看灯光围成一圈读书写字的孩子，脸上就堆满了幸福的笑容。女孩呢？书里的世界早已点燃了改变命运的焰火，内心的渴望照亮了前行的道路，她暗下决心，一定要好好读书，走出小村，走出大山，走到灯火辉煌的地方去。妈妈，你放心，我要替你看看外面那不一样的灯。

奶奶照例坐在软软的炕头上看电视，时不时张开没牙的嘴无声地笑，没想到这辈子我也能用上电灯，还能看上这么心疼的人……

四

春来了，桃花红杏花白，梨花海棠满园香。漫山遍野，春风长了翅膀，吹绿了大地，吹醒了山川。奶奶更老了，佝偻着腰身，像个缩回去的娃娃。母亲也有了白发，满月般的脸上刻上了皱纹。女孩长大了，上了大学，做了教师，和丈夫一起，担起了家庭的重担。他们也有个小小的、粉团似的女孩。日子真快啊，变化真大啊。世世代代没水吃已成为历史，水龙头一拧，自来水就哗哗哗流进水桶。自古春雨贵如油，山城却几乎天天下雨。封山禁牧改变了生态环境，干旱地区成了名副其实的"小江南"，就连沙尘暴也偃旗息鼓，很少来骚扰了。

全家已搬进了国家统一规划建设的居民点——一座带院子的大瓦房。到处都是灯！屋里有吸顶灯、吊灯、吊扇灯、台灯，连厕所里也装上了白炽灯。院子里有路灯，庭院灯，而且靠太阳能发电。整个居民点就更不用说了，一排排 LED 路灯排列成行，大红灯笼的造型和日子一样，热腾腾暖烘烘。一个个花瓣样的景观灯，明亮精巧，印照着富足祥和的农庄。绕在大树上的小彩灯，像一朵朵金花、一颗颗星星，将村庄夜晚衬托得格外喜庆。

正月十五元宵节，女孩带着一家人，坐上大巴去城里看灯。站在古雁岭（固原城旧名古雁）上，望着脚下的城市，大家都赞叹不已。亮化（城市光彩）工程将辉煌的灯火和五彩霓虹连接在一起，变幻成千万条弯弯曲曲、轻摇曼舞的彩绸，微风吹过，轻轻飘拂。那闪烁在公园里的千盏彩灯，像一双双明亮的眼睛，不停地眨着眼；那围在高楼上的万盏灯火，如一串串闪光的宝石，婉蜒曲折。街道上人山人海、摩肩接踵，人们手里的荧光棒氢气球高高低低，像夜萤，像流星。她抱着自己的小女孩，搂着奶奶肩膀，喜上心头：我终于看到了"东风夜放花千树"的盛况，领略到了"凤箫声动，玉壶光转，一夜鱼龙舞"的意境，也理解了"火树银花合，星桥铁锁开"的美妙。我终于成了家立了业，带着家人过上想要的日子了。

奶奶不停地自言自语，而今的社会太好了！老天爷，你就让我再多活上几年吧，我要把没吃过的东西都尝一下，把没见过的世事再看一眼。女孩笑着说，奶奶，放心吧，现在条件这么好，您一定会活到一百二十岁的。

五

十多年后，小女孩站在巴黎街头，望着灯火阑珊处，不由感慨万千。日月如梭，光阴飞度，聆听着祖辈们关于灯的故事，她渐渐长大了。太太已安然地闭了眼，和另一个世界的亲人团聚了。外婆虽已年老可精神很好，不但迷上了广场舞，还不时和伙伴们四处旅行。母亲呢？依旧忙忙碌碌，为家人、为学生操心操劳，但身轻脚健，乐观充实。日子呢？以光速迅疾向前，电视电话、汽车手机、网络机器人；嫦娥奔月、蛟龙潜海、中国梦、地球村；东方巨人、大国崛起、世界强国、民族振兴；简直无法用语言来形容。

东京银座的火树银花、韩国济州岛的华灯初上、英国伦敦的酒绿灯红；富士山脚下的长方形灯笼，澳大利亚海岸的渔火点点，南太平洋军舰上的射灯傲空，台北 101 高楼上的梦幻世界；这些年，她走过了无数个城市，看过了无数的灯火，见识了世界各地的名山大川，领略了不同地区的风土人情，但走得越远见得越广，她发现自己最依恋的还是家里阳台上的那盏灯，最爱的还是象征着团圆富足、和谐奋进的大红灯笼。她想起家乡那根巨型的藤蔓上，结着无数颗小小的明灯，每一盏灯下，都有一个其乐融融的家庭；每个家庭里，都有希冀归来的期盼。一家人团圆平安、健康快乐，才是最幸福的；美好的青春是用来奋斗和回忆的，为梦想而奋斗的人生才是有价值和意义的。于是，她放弃了国外的优渥条件，毅然踏上了回家的征途。当双脚踩上家乡的黄土地时，她一下子觉得满心满身的踏实。走出机场，望着外婆和母亲，她跑了过去，妈妈，我回家了！亮黄的车灯下，一家人紧紧抱在了一起。

四个女孩，四代人，不同的时代，不同的命运。一盏灯所讲述的故事，普通又不平凡；一盏灯下发生的事，既饱含血泪又充满希望。那四季灯火，经历了时间的考验，也成为历史的见证；既见证了一个家族从贫穷到富足的变化，也见证了一个国家从一穷二白走向新时代的过程，更见证了一个民族从落后挨打到崛起复兴的有力步伐。那四季灯火，也拨开了百年迷雾，感受着时代腾飞的浩浩征程。

回到家，小女孩在阳台上挂起了一盏大红的灯笼，就让它继续照亮前进的道路，让它为更多的人指明前行的方向……

第三辑　他们的他

姑爸和他的规矩

一

又一场秋雨，山上到处湿透了，人踩上去黏脚。一行人哭哭啼啼，去山上埋人。

灵车冲上了山坡，又滑了下来。人们喊着一二三，车轮打着旋，艰难地爬了上去。装纸活的货车却没有这么幸运，左躲右拐陷进了泥坑。总管吆喝着，很多人跑下去推。只见车轮在泥坑里转，扫出的泥浆子弹一样飞。

孝子们跪在草丛里，给姑舅土姑舅们敬烟敬酒，这是规矩。在农村，埋人是件神秘庄重的事，谁都不敢马虎。

姑舅是亡人的直系亲属，在这个特殊的日子里，完全有借口说三道四，搅得孝子不安，理应得到尊贵的待遇。"土姑舅"呢？就是打坟人，也是主家必须小心翼翼伺候的人。之所以加个"土"字，其实是苦力。

想想看，坟坑要一丈六，宽窄要放得下棺材，底部要平平整整，如果有"穿堂"（相当于卧室）的话，劳动量就更大了。本地多是胶泥土质，春夏秋还好，不到两天功夫就挖好了坟坑。最愁的是冬天，冰天雪地的，镢头抡圆了狠狠挖下去，也只能挖个白点。以前打坟人多为乡亲自动帮忙，这几年有了专业团队，尽管要价不菲，但人们很少还价，亡人埋得好，子子孙孙就平顺平安，这个道理谁都懂。

不远处，孝子们跪在地上哭。一个月中，这块坟地已来了三趟，真是悲惨。最先是外婆，接着是舅妈，再接着是二外爷。姨妈在泥地里滚来滚去，眼睛肿得像桃子；表妹都哭软了，两三个人使劲拉也不起来……

阴阳忙忙碌碌，跳上跳下；总管跑前跑后，安排相关事宜；男人们边抽烟，边蹲在坟坑边看；女人们把凄怆心酸挂在脸上，哭累了就顺势坐在地上；娃娃们睁大了眼睛看，然后低低絮语。身边的青草野花，在晨风中不停地摇晃。

忽然，有人大声嚷，哪有这么做事的呢？男人们呼啦啦站起来，朝坟边走去。

只见坟坑里的人都跳了上来。一个年轻人双手叉腰，盛气凌人地嚷，四个人只有三百元，让我们怎么分？你们的女婿外甥哪去了？今天主家一定要加钱，不然我们就不封口（埋人时一个仪式）。

怎么回事？姨妈们停下了哭声，紧张极了。

土姑舅说坟坑里放的钱太少了，又要加钱呢。

哎，亡人奔土如奔金啊，人家要多少就赶紧给了吧，姨妈们希望息事宁人。

舅舅表哥慌了神，转回头四处找人。一个亲戚说，装纸活的车滑进沟里了，人都去推车了。

有人就低声嘀咕，别人家打个坟两千元，咱们说好了给三千，还要加钱？再说给坟坑里放钱，只在喜丧时才有，是女婿外甥们给土姑舅的犒劳，五元十元的都行，怎么现在倒成了规矩？钱这东西害人没深浅啊，埋人都敢讹？

表哥顾不上说话，挽起长长的孝服，跑着下山去喊人，白衣白衫在风中四散，像只巨大的白鸟。

接着，就见一个人远远走过来，边走边骂，人死了，天塌了，埋人还出了这样的事，这辈子我是第一次见。揪个葫芦要个仔，还没个下数（规矩）了。真是要钱都没脸了。

母亲低声说，你姑爸来了，事就好办了。

二

姑爸姓李，方额暴眼，膀阔腰圆，是个屠户。小时候读《水浒》，总觉得他就是那个李逵。腊月里，他身穿黑大褂，胸裹塑料围裙，一手提刀，另一手也提着刀从村里走过，大猪小猪都闻得见杀气，夹紧尾巴跑回自家猪圈，卧在槽边不敢哼哼。人们会自动避开一条道，围上前给他递烟点火。

他是外婆侄子。解放前外公职业是税务官，娶了外婆。解放后旧职员遣返原籍，为了减轻寡母的负担，他们决定带一个弟弟回老家，大舅爷便跟着回来，在农业社落了户，娶了妻生了子。

那时，城里生活远比农村煎熬，但乡下日子也挡不住苦难的脚步。尽管姑爸已能顶半个天，可舅爷患了肺痨，舅奶全身风湿，两个兄弟还小，干活挣工分，养活糊口的重任，就全落在了不满 14 岁的他身上。姑爸退学时，一点儿也不委屈，他说堂堂男儿养家才是本分，还说自己就不是读书的料，不如去学杀猪。

于是就学当屠夫，他师傅是外公故友，自然尽心培养，不几年便放开了手，他便成了镇上唯一的杀猪匠，白刀子进去红刀子出来，也很

148

威风。

腊月二十三，他到我家，先是坐在凳子上，气定神闲地抽烟喝茶，然后让人打开猪圈门，任凭肥猪在院里发着飙，等它折腾累了，他才慢慢起身走过去，瞅准盯稳，抬腿一脚，猪就被踢倒在地。一行人扑上去压住，他拿起长刀，跪在地上，对着胸口使劲推搡进去。那猪却疼得跳了起来，满院疯跑，鲜血拉了长长的一道。人们目瞪口呆，躲进屋里不敢出来。姑爸可也不慌，跑上前跳起来，对着猪肚子又是一脚，那猪一头抢地，再也不动了。

母亲说杀猪杀了十几年，突然有一天，他对着常年握着的两把刀叹气，年轻时为了家人，不得不选择了这个杀生害命的职业，如今大家都吃饱穿暖了，他就觉得自己得赎赎罪，接着就四处打问怎么办，大家都说放下屠刀立地成佛，多做好事就是了。

姑爸找了好久也没找到合适的。一次，村里有年轻人车祸而亡，满村却找不见个打坟的，他就主动前去帮忙，说清楚不要任何报酬，属于公益事业。从此，杀猪匠和打坟人，索命者和慈善家，两种身份组合在一起，成为他后半辈子的主要生活，加上为人正直，豪爽仗义，大家对他敬佩有加。

三

他走到坟坑边，只看了一眼便怒不可遏，就你们这水平，还好意思要钱？你们自己看，这样的活能不能对得起主家吗？坟坑太窄了，棺材放不进去，就是进去了，连摆平的机会都没有。我打了几十座坟，就没见过这样敷衍了事的。这么松软的土层，不过几锹的事，还给人家不好好干？去年腊月三十，李家车祸死了三个人，大年初一别人都过年，我却在山上帮着打坟。那可是红胶泥地啊，冻得严严实实，没办法，我就点燃玉米秸秆烤土地，烤热一点挖几锹，整整挖了两天，才算完成，也没问人家要一分钱。这人活世上，又不是全奔着钱来的，谁家都会有个白事红事，有事都希望左邻右舍帮忙，哪有在坟上讹钱的呢？

他指着年龄和他差不多的人说，干啥都要讲信用，讲好的三千元，那就按规矩办。咱都上了点年纪了，咋能这样呢？不讲规矩还不乱了套？

有礼有节的一番话，把所有人都镇住了，大家都静静地听他说。今天这钱，就算主家给你们，你们也好意思拿？人老祖辈，死者为大，咱们这些人，被称为土姑舅，人人高看几分，就是因为干着积德积福的事。老祖辈传下来的东西，你们这些小辈已不遵不守了，眼睛里只有钱。这样做，就不怕亏心吗？

年轻打坟人回头看看老者，老者面红耳赤，一句话不说，跳进坟坑，开始挖土；其他三个人也跳下去，挖了起来。

棺材稳稳当当地放了进去，舅舅跳进去稳了稳棺材，然后爬上来。总管喊了一句，女人们疯了一样扑上去，抓起黄土抛进去；男人们捞起铁锹，铲土填埋。一阵尘土漫天，坟坑很快被填满了高了。一个尖尖的土堆立了起来。

年长的打坟人不好意思地走过来，今天的事对不起啊，都是年轻人毛毛躁躁的惹了些事。请主家原谅啊。

舅舅忙说，不要紧，是我们不懂规矩。

姑爸站在一旁，大声说，规矩是个啥？是良心，是本分。咱祖祖辈辈都讲互相照应互相帮忙，现在咋干啥都拿钱说话办事。人人只说社会风气坏了，也不想想自己都是咋做的，要是照着规矩来，我想风气也会转好的。

年轻的打坟人红着脸也说，我们错了！不该这样。

年轻人，你要记着，人家尊咱一声姑舅那是高抬，说穿了咱就是个下苦人。下苦人赚钱天经地义，但也要个脸面要个尊重，也要讲信义讲良心。人活一辈子，活得是人品，活的是贵气。无论贵贱，心都要贵气。有些东西，是要大家守着的。这世道人心，也是守出来的。

人们听着，低头沉思。太阳出来了，青草上的露珠晶莹透亮。杀猪匠姑爸，在晨曦中稳稳当当站着，高大矍铄……

摘花椒的日子

一大早，父亲就打来了电话，但只响了一声。对于晚睡赶稿的人来说，这个时段正是酣梦，我看了一眼，翻身继续睡。

不知怎么就回到老家。夕阳西下，一家人拿着镰刀去割麦。我们穿着裙子戴着草帽，用围巾将自己裹得严严实实，生怕晒黑了自己。父母在前面快步走，手里的镰刀明光锃亮。经过老坟地，见外爷、爷爷的坟堆被阳光裹着，像两只金黄色的馒头。大块的麦田，只有这两块地方长着杂草稗子，几颗孝花花在坟边摇晃。一阵风吹过来，麦子一起摇摆，如金色的波浪。我和大妹互看了一眼，飞快地走过去，母亲喊快点走，今天要割完。

心里一急，醒了过来，我爬起来回电话。父亲在那端高声说，今天过来吃饭，我炖了羊肉。花椒能摘了，过来一起摘，然后就挂了电话。他一贯短句高声，从不拖泥带水。接着电话又响了，他说啥都不要买，东西太多了吃不完。

回到家时，已十一点多了。院里照旧一尘不染。几十盆花葳蕤生姿，大盆里晒的水清澈见底，几把小椅子整整齐齐；杏树樱桃树窃窃私语，板蓝剑兰迎风摇摆。南房里，炉子上炖着羊肉，热气腾腾。

女儿喊着，爷爷爷爷，他马上从屋里小跑着迎出来，笑得脸上开了花。

瘦了，白了，乖了，他夸赞着孙女，又忙手忙脚地拿东西。我走进小房，换了衣服准备做饭。他赶过来说，你们坐着，我给咱做。今儿一天都在家里吃。我说，下午还有事。他声音低了下来，先吃，吃完了再去办事，行吗？几十年里，我从没听他用这样的口气说过话，都是命令式，毫不通融。什么时候，他开始用讨好的语气说话了呢？

从大屋走到小屋，在院里跑前跑后，他一刻也不停，切了一个大西瓜，洗了几串葡萄，又拿出几罐啤酒，还用勺子挖去哈密瓜的籽；烧鸡熟鸭牛肉，总之摆了一大桌，又说要出去买点东西。等我发现，破旧的自行车驮着弯腰驼背的他，已走远了。

我和妹妹起身做菜。灶房里，锅碗瓢盆，一应俱全，他总爱置办东西，各种电器，厨房用具，一应俱全。干净整洁，细致节俭，七十岁的人了，还坚持着这个标准。

我揭开报纸盖着的菜盘，几个干瘪的馒头，坚硬如铁；一碟油汪汪的炸辣椒，一碟有些发黑的绿辣椒，大概是他的主食。年轻时他爱吃米现在却多吃面。他说，牙不行了，米饭塞牙，想吃也吃不了了，还是面好。假牙、老花镜、收音机、老年版的手机，成为忠实的伴侣，比儿女陪他的时候多得多。

他回来了，带回了馒头花卷油圈圈，还有两大桶可乐。见我们已做好了饭菜，他连声说今天是个采摘的日子，咱先慢慢吃饭，休息好了再摘花椒。这么多年一个人呆着，他一定很寂寞难过，但也不说出来。

摆好了桌子吃饭，他说想孙子。我翻开手机，递过侄子的照片，他看了很久，然后说，他们能回来一趟多好啊！我们都埋头吃饭，谁都不说话。

　　吃完饭，人已疲倦，我们拣最阴凉的地方休息。大房里清爽宜人，但多年没住人了，他进来打开玻璃窗，又抱来毛毯薄被，嘱咐小心感冒。我们躺下休息，听他在院里唠唠叨叨，朦胧中锅碗一齐响动。

　　似乎又是在老家，（为什么总是在老家呢）一大家人全在，还有老公和女儿，到处是装满麦子的麻包，圆滚滚的到处都是西瓜。母亲拿出小方桌，先切下一大片瓜头，拿起来擦擦菜刀，接着咔嚓几声，红瓤黑仔的西瓜摆满了桌子。父亲坐在小凳子上，低头抽烟；母亲抱着孙女，用手掐中间最好的一块喂她；我们围坐在四周，边吃边说边笑。忽然，一个西瓜滚过来，直冲向我，我大叫，西瓜成精了……

　　醒来时，阳光已从杏树边溜了过去。他蹲在大门口，高声说，这会不热了，咱们摘花椒吧，然后拿出几顶帽子，他知道我们怕晒。

　　花椒树就在门口。绿叶婆娑，红果累累，红彤彤一片，像碧水上飘来的红云。我拽过来就摘。他忙说，小心啊，刺扎了手可不好受。我一伸手，尖刺果然扎进肉里，指头突突突直跳，一滴血流出来很快被止住，花椒果然有麻醉效果。这么多年，我从来都知道吃花椒，从不知道摘花椒的辛苦。

　　采摘的感觉真是令人兴奋。一会儿就摘满了几小筐，倒在房门口的水泥台上晾晒。

　　他端着满当当一盆，和路过的老邻居聊天，这东西好吃难摘，今天娃娃们都回来了，人多力量大，我们一会儿就摘了这么多。

　　那老人羡慕地说，你家娃娃攒劲！你真命大！

　　他马上顺着说，我的第三代，可是了不得。我这个孙女学习好性格好人稳重，现在还在法国念书呢。

　　人走远了，我忙说，爸，以后再不敢夸了，别人听起来好像吹牛。他脖子一拧，这有啥，好娃娃就要夸嘛，我就是要夸。大家就都笑。

一片片红云被摘下来，一盆盆花椒端了进去，树上很快就剩下绿莹莹的枝条。他坐着抽烟，笑眯眯地说，年轻时都说我养了五个女子，等着看笑话。现在我可是得了女儿济，我看着他全白了的头，心里一阵酸楚。

我洗完手，指头一阵抽搐，被扎的刺眼隐隐作痛。他忙说，这里有清凉油，抹上会好些。每年我摘花椒，手都会难受很多天。明年你们不要摘了，我一个人摘就可以了。只要你们回来，干啥都高兴。

又是吃饭时分，他端一碗羊肉面，看着孙子们大口吃，高兴地说，这才像个家啊，有人吃饭，有娃娃吵闹，你们到我这个年龄就知道了。

阳光慢慢褪出小院，我们围坐在桌前看相册。他居然存着那么多的老照片。他，母亲，我们，所有的日子缓缓流过。我第一次发现，他和弟弟外貌神态上如此相合；也第一次发现，他居然还有那么多潇洒俊朗的照片。

一张全家福上，母亲和他紧紧靠在一起，像两颗挺拔的白杨树。我们六个围成一圈，蒜瓣一样，看着他们。

他把孙子的几张照片放在口袋里，动不动就夸。妹妹逗他，只看着你孙子乖啊？他大声说，咋能不夸呢？哼，我的第三代，谁都比不上。我现在尽量把自己照顾好，不给你们添麻烦。社会这么好，我还想多活几年，等我孙子上大学呢，以后我没了，这些照片也是你们的念想……

我们顿时笑不出来了。

夜深了，孩子们嚷嚷要回家写作业。他把摘下来的花椒装进塑料袋，一家一大包。到了门口，又说想慢慢走会儿。空旷的路上，孩子们挽着他在前面走，我们跟在后面。我回头看，花椒树被摘完了果实，秃光光地，在朦胧地月色下老态龙钟。多年前，这里是我们的家，我们自己的家。现在，乡下的老家，这里的家属院，五小的家属楼，我们有了几套房子，但已没了家。

到了路口，他似乎再也走不动了，你们走吧，我腿疼，要回去了。
我们赶紧说，爸爸你回去吧，锁好门，晚上不要出去。自己照顾好自己。
不要和人家吵架……

他转身就走，单薄的身子摇摇晃晃，很快消失在夜色中。

妹妹看着他，哽咽了，爸爸爸爸……

泪眼朦胧中，多么希望摘花椒的日子，多些，再多些……

站在街边不等谁

深秋来临，早晚都很冷，人们在风中瑟缩穿行。

在一座城市的西北角，清晨九点半，我站在路边，看着来来往往的车连绵不断，呼啸而来又呼啸而去，遽然迷惑，这么多的车，连同车里的人，如此匆匆，到底奔往何处？

一个老人去世了，一座城空了，一片天地失去了光泽，除了铺天盖地的纪念文章，满怀悲伤的人，世界照旧八卦不断，飞短流长，有人挖出他的蛛丝杳迹，夸大渲染，极尽噱头，我觉得人间一片寒凉。

二十几年前，我是读着他的文字才认知身边人和脚下这块土地的。记得从同学那里借来了《绿化树》，白天不敢看，晚上趴在被窝里偷偷读。看到那些令人脸红的情节，不禁大吃一惊，先伸出头四处看看，然后才轻轻翻回原处，心砰砰跳起来，脸烧了起来，似乎一夜之间明白了许多。第二天，我虽然包了书皮，但还是偷偷摸摸读完了。大时代背景下，生存的尴尬，生活的艰难，人性的卑劣与残酷，女人的温情与坚强，饥饿压迫残害，变成一幅幅画面，在脑海中一一闪现。太阳升起来了，在女人怀抱中酣睡了一夜的男人醒了，拿起铁锹，又一次走向荒漠的情节，把我感动的眼泪哗哗。可以说，他和路遥的文字，是启蒙是源头，让无数人感同身受，在懵懂中敲开了精神生活的大门；让无数文艺青年开启了文字之旅，拿起笔来，书写着生活。

作为老人作为长辈作为文坛上一面旗帜，无论怎样的说道终难掩其熠熠生辉。听说追悼会在十一点，我提出来，朋友马上响应。我们驱车前行，天更阴风更冷，去往殡仪馆的路上很多车。秋渐入冬，郊外灌木丛生，忧郁的道旁树肃然立在路边，蔫头耷拉的花草在地里蜷缩；一辆红色的半挂在当路熄了火，很多车就成了长龙中的一节。

殡仪馆里，花圈摆了半院，白黄相间，密密麻麻。许多面孔，认识的不认识的，握手寒暄，低声说话。绢花连同黑色飘带，衬托出一种庄严肃穆。葬礼开始了，人越来越多，队伍越来越长，偌大的纪念堂挤得满满当当。

低沉的哀乐声中，墙面上老人的照片缓缓展开，睿智儒雅，毫不畏惧地看着前方，一缕烟气袅袅而上，如孤独的灵魂在盘旋。鲜花簇拥下，躺在那里的人，褐色圆帽大框眼镜，倒很陌生。烛光盈盈，致辞人说了很多，大致是对他一生的评价，盖棺论定本是传统，悼词也多为溢美之词。身边两个女人嘀嘀咕咕，不停地互相点评。一个西装革履男人在哭，鼻涕一把泪一把；更多的人都默然伫立，沉思不语。

人群骚动起来，有位老人绕行一周，深深鞠躬，忽然放声大哭，颤抖不已。人们让开一条道，他走过去，握住亲属的手，然后紧紧抱在一起。

追悼会很快结束，人们四散开来，呼啦啦走完了。收费人目光炯炯，盯着每一辆出去的车，大声吆喝，三块，停车费三块。我们走出冷冷清清的殡仪馆，只一会儿又站在熙熙攘攘的街头了。红绿灯闪烁起来，马路依旧熙攘吵闹。人去如灯灭，这段时间，遇见了太多的死亡，除了知

158

道无力回天的真正涵义外，我一度非常迷茫，既然人最终都要走向死亡，那么生有何恋？既然谁也无法掌控自己的命运，那么人生有何意义可言？

但是，人生真的毫无意义吗？常言说一样生，百样死。也说百样生，一样死。词语的顺序不一，意义便相差万里。前者强调生命的价值，后者侧重命运的公平。生而为人，当我们忙碌无奈烦躁不甘时，当我们总在形而上的焦灼和形而下的重负中纠缠不清时，当我们仍然在有限的时间里不断浪费着自己的人生时，还有一种值得追求和坚守的东西，熠熠生辉。如这位老人，千秋功罪暂且不论，只要有人记住他和他的文字，便是意义所在。

一个叫做张贤亮的老人，走了，任由别人去说吧！

如此说来，人生实在短暂脆弱，我们能做到的事，且做两三件吧；能守护的人，请温柔地对待吧；能找寻到的信念，请执着坚守吧。日子再忙碌无聊，生命再卑微无望，生活再艰辛苦困，也有值得坚持下去的理由。

收破烂的老人

老叔，进来吧？

他迟疑了一下，不换鞋？

老公说，不换不换。

那不行，干啥都有个规程，我得套上脚套。

他一屁股坐在楼道台阶上，麻利地掏出红塑料袋套上左脚，又掏出一只，蓝色的，接着掏出一只，还是蓝色的，他噗哧一笑，这咋办呀？想找个颜色一样的还没有。罢罢罢，一只蓝来一只红，螃蟹一样进你门。

三个人都笑。

新房收拾得真干净啊！你们这些年轻人可是把福享了，他看了看书房地上的一摞摞书，高兴地说，这么多啊。今天一大早就左眼跳跳跳，原来是要招财进宝了啊。

老人家，这房子住了几年了，孩子上了大学也没心收拾，乱七八糟地。

天爷爷，这么年轻娃娃都上大学了？这样的家你就别嫌弹了，我看就是在天堂里活呢莫，他边弯腰收拾边啧啧感叹。

我忙着烧水沏茶，老叔，要茶叶吗？

你还给我沏茶啊？真是遇上了好人了。我天天收破烂，遇上的人海了去，从没人把我当个人呢。娃娃，我不喝也不吃，谢谢你啊！我们收破烂的，从不会在人家里乱动乱吃。有的人一见我们，就脸拉地长长的，像谁吃了他家的馍馍。

他嘴里说着，手底下可一点也不乱。我就爱念书人。念书的人一般都是好心善心人。这人活一辈子，就要做个好人，有善心福气才会来。自古哪有神送福？积德才生玉树苗。还要高高兴兴地活着，快快乐乐过日子。不是我说，有的人把热腾腾的日子过得凉欻欻（chua chua），给座金山也不美。那不叫过日子，那叫过月子。

我夸他说话有哲理，他停下来直起腰，见我老公系着围裙端水，哎呀，这个我得说几句，自古哪有男人上锅灶的道理。锅头上嘛，就该是女人的活计。

老公故意装可怜，老叔，没办法啊，家有老虎啊。

他转向我，你这媳妇子看起来慈眉善眼，咋还这么厉害？天为阳来地为阴，男主外来女主家，女人就是做饭洗锅看娃娃的，男人就是挣钱养家的，咋还反着来了呢？

我愣住了，他却向老公挤挤眼，我这是说笑呢。现在社会，男女都一样，两口子就要一个帮一个。常言道，当着人面教训子，背地无人再教妻；你欺她来她压你，谁也不肯把头低；你让她来她让你，知冷知热好夫妻。

这老叔，真有意思啊。您多大年纪了？

整六十六了。六六大顺，可是个吉利的数字呢，他得意地伸指头比划着。

这么大年龄还出来干这活？

161

你们别尽想着我这老汉可怜。我呀，日子好着呢。儿子在上海念大学，出来就在那工作，结了婚，还有了孙女子，和你们一样两口子都是工作人，老婆子就在上海看娃娃呢。日子过得气囊囊，就是有一点不顺心。

咋了？

我们这些老人嘛，还想要个孙子。听说现在政策好了，能生二胎了，我就盼着给我生个孙了呢。

他把书捆扎得整整齐齐，一摞摞放好，还笑嘻嘻地说，你们都给我站好，不准乱倒。倒了扶正，害得我跑。我一生气，绝不轻饶。

我俩笑得前仰后合。

你们别笑，我就是个瓜（傻）老汉。这一辈子苦没少下人却精神，年轻时爱唱个戏，唱戏就爱唱个丑角。

我们恍然大悟，怪不得出口成章呢，老叔，你都会唱哪些呢？

说实话啊，唱了一辈子戏，啥我都会一点点，你们听着啊：不管是一村雪二度梅三滴血四进士五女拜寿六月雪，还是七品芝麻官八件衣九连子十道本，说说唱唱莫嘛达（没问题）……

老叔啊，你太有才了。

你们肯定想我这老超子还高兴地很，其实人这一辈子，哪有天天高兴的事呢？

他坐在一摞书上休息，眼神暗了下来，我收破烂倒不是自己日子过不去，是还有个女儿要帮衬。我们年轻时，家里成分不好，我一年四季在外面干活，她妈老害病，没人挣工分，姐弟俩都念书确实供不起。我们就偏心儿子，把女子给拽回来了干活了。哎，可苦了我女儿了，做饭喂猪做针线挣工分，啥苦都吃了。

他跪在地上捆报纸，老公忙上前帮他，其实我那女子心灵得很，还懂事孝顺，供弟弟念了十几年书，一句抱怨的话都没说过，后来娃年龄大了，我们只说嫁个好男人的，谁想到她遇上个女婿模样周正却是个懒虫，一天到晚日鬼捣棒槌（干坏事）的，正事不干一件，但当时她看上人，我们也不好说啥，等跳进火坑，后悔也来不及了。我这辈子最后悔的事，就是把女子嫁给个败家子。哎，郎丑难谐女花貌，强婚配鸦占鸾巢啊。

看他热汗直流，我端来杯子说，您喝点水。

他再三推让，这点活算啥？我在家还得套牲口犁地呢，不过人老了是真不行了，胳膊腿都不听话了。你问她为啥不离婚？我儿子也说不行就离婚，可我想着有三个娃娃呢。不管怎么样，一个家组起来难散开来容易，离了主要怕娃娃受罪。再说女人家年龄大了，还有三张嘴跟着，再嫁人谁愿意？没办法，我们就商量了搬进城里，再穷也不敢耽误娃娃念书啊。现在社会好，不愁吃不愁穿，不愁米面油盐钱，好在现在女婿也懂事了，在一个工地上当小工，多少能拿回来点钱。女儿给人家当保姆，挣的钱也够一家人吃饭了。

说起外孙，他眉飞色舞，我那几个外孙可攒劲了，一个个学习好。大的高二，老二初三，老三才五年级，都在班里拔尖呢。娃娃们在城里读书，要吃要喝开销大，我就撇了几亩地，出来找点钱，多少也是个帮衬。

您这么大年龄，还为儿女操劳，不觉得苦吗？

他站起来伸伸腰，又弯腰收拾起来。苦？也苦也不苦，可人老祖辈都这样，就是一辈人拉帮一辈人。当年我学戏时，师傅说玩艺儿是假，精气神儿是真。人有了精气神，就不怕苦。日子不管怎么样，过得就是个心境，戏词里都这么说：不如做农民自耕自穿，不如铁匠铺去称煤粉，不如学唱戏快乐无边。日子往前赶着就好，不然都愁死了。我这人天生爱说爱笑爱热闹，自己哄自己高兴。有时候也觉得心酸，老了老了还得动弹。以前，儿子女子老婆子都不要我出来，嫌丢人。我说凭下苦吃饭，有啥丢人的？怜贫济困是人道，那有袖手壁上观？比起那些好吃懒做、不动弹还乱骂乱说的人，我觉得自己堂堂正正的。那些坐着吃等着死的人才是孽障人！我干这活，是苦一点累一点贱一点，但收入还不错呢，几天下来，挣个几十元，够给娃娃们买一斤肉一箱子牛奶我就知足了。

不大一会儿，地上只剩下些残纸屑散乱。他说，把笤帚拿来，我给你们扫干净。

算了吧，我们自己收拾，我俩急忙推辞。

娃娃，干啥的把啥干，犁地的把牛喊，我干的就是这活。

扫完地，他拿起一杆大秤，你们看，书纸 56 斤，报纸 11 斤。书纸贵些，报纸便宜，纸箱最近行情不好，人家不收，买不了多少钱。

我们不要了，都送给你。

那不行，我老汉又不是个要饭的，该是多少就是多少。人一辈子呢，世事有高有低，钱财有多又少，不管怎么样，关键是遇事不要太伤感，唱着曲儿解心烦。哭也一辈子笑也一辈子，像我老汉一样，有个念想有个事干，身体健康好好过日子才是根本。

他和老公提着捆扎好的东西，一趟趟搬下楼。我抱着秤砣跟在后面，顺便提着报纸。在三轮车边，他拿出一个棉帽戴在头上，你看，我外孙买的。长大了，都知道孝顺我了，真是没白疼一场啊。再过上几年，等我把孙子供成功了，女子日子过前去了，我也就不四处转悠了，也和别的老汉一样，喝个茶说个话，心急了唱上几句戏。现在嘛，说实话，我这活计还叫个金不换……

我们边笑边看他爬上三轮车，扭转车头，走远了。远远听见小喇叭里，一个稚嫩声音传过来：收长头发短头发。收旧报纸旧书。旧家具旧电视洗衣机……

丑狗丑人及其他

狗娃

狗娃是我养过的一只狗。

它长得很丑，是谁见谁都厌的那种。尽管有长长的腿，但一只瘸着；也有细细的腰，却弓起一大块。毛色棕褐且色彩不均，尖尖的脸仿佛被谁用铁锹拍了一下，所有部位都扁平错位，挤成一堆，总之不是很清爽伶俐的那种。

本是一只流浪狗，也是谁家嫌太丑抛弃的吧，它无家可归，腿又瘸着，天天在泥地里滚卧，浑身脏兮兮。最初见谁就跟着的，满心期望人能可怜它收留它，可人们看都不看，这座城市里流浪狗太多了，高大英俊的都被抛弃，何况它那么丑。

那天雨后，我在街上走，一个胖女人用细细的高跟鞋跟，过来一脚过去一脚踢它，边踢还边骂。它跑到我身后，我看了一眼，的确不漂亮，又小又可怜，想想长大说不定就不这么丑了，于是把它放进自行车筐里，带回了家。

家里人都说这么丑的狗，带回来干啥，但看在我面子上也不撵走，我赶紧找来牛奶馍馍喂。

它没有名字，很长一段时间大家都想不起给它取个名字。卑贱丑陋的小狗，好像也没资格拥有响亮的名字，自然而然就叫狗娃了。也好，本来它就是个狗娃嘛。

好像知道自己长相不赢人，它很听话很温顺，叫趴下就趴下，让进窝就进窝。别的狗一见喂食就会扑过来抢，狗娃却不会，总是站在远处看，扁扁的小眼睛里露出渴望的神情，等人走开后，才会一瘸一拐地过来吃几口。

我工作太忙，实在无法照顾它，就把它送到一亲戚家。每周过去看看，带点好吃的。

几年过去了，狗娃从一只小狗变成能看门的大狗了，灰色的毛皮，细长眼睛，不太丑了，但也不怎么好看。性格更是没多大变化，胆怯乖巧，很少出声。母亲说不出声的狗都凶狠，可它从没咬过人。亲戚说家里来了生人，它会跟前跟后的在脚边撕缠，偶尔小声嚷嚷。人说话声音一大，它就被吓得跑远远。

亲戚的妻子却见不得它，据说一次家里来了个化缘和尚，直接闯进大房，把正在午睡的她威胁了一顿，还要去了几百块钱。她恼羞成怒迁怒狗娃，天天唠叨不止，说了很多白喂养了之类的话。

周末我送吃的去他家，就见门口拴着一只大黄狗，脖子上挂了铁链，见人跑着跳着咬，牙齿白森森，粗壮的链子都要断了。亲戚走出来说，这狗咬过几个人的，不错吧。看门狗嘛，敢下口就是好狗。是我用你那只狗，还搭了一袋玉米，才从狗贩子手里换回的。

他看起来很得意，一点也不顾及我情绪。

166

我气极了，但也无可奈何，平日里我们关系不错，总不能为了一只狗而吵架吧？我急得满地转圈，想我的狗娃怎么样了，会在哪里呢？也许会被狗贩子卖给一户人家继续养着，这样最好。也许会偷跑出来，在街上继续流浪，和它的许多无人收留的兄弟姐妹一起，也不错。最可怕的是，跑到公路上被碾压死了。还有一种可能，就是被买到狗肉店，被人吃了。这几年，吃狗肉的人越来越多，据说是大补。

狗娃不在了，我垂头丧气地离开亲戚家。一路上，看见街上跑过的狗，就瞪大眼睛看；看见谁家院子里传来狗叫声，就贴在门口听；还跑到狗肉店去找，可惜都没有。回到家后更是坐卧不宁，埋怨亲戚太狠心，后悔当初怎么会托付给他们，气愤自己没有好好照顾它，但再后悔也没有用了，它已经不在了啊！

现在，我每次遇见高速路上被碾压成一张扁平的尸体，看见狗肉店几个字就心跳不已，我常常想，狗娃为什么不会咬人呢？看门狗的职责就是看家护院，就应凶狠一些。要是它咬人该多好，至少现在还在亲戚家里吧。

超超

超超是我天天上班都会遇见的残障人。

他很丑，一眼看上去触目惊心。硕大头颅撑在细长的脖子上，摇摇欲坠；大眼睛青蛙一样鼓出来，鼻子却塌着；嘴唇上方有一个豁豁，一笑就露出红灿灿牙龈；两只耳朵还一高一低；总之，你在整张脸上找不到一点黄金比例。脑子也不太正常，傻兮兮。

很多时候，他就在离单位不远处的十字路口上站着，趁绿灯的间隙，问司机要钱。长长的一行车队，他敲着车窗一个个要过去，不给就趴在窗前叽叽咕咕，有时甚至还拉开车门，吓的人不轻。最可气的，绿灯早亮了，车子都发动了，他还趴在前视镜上不动，所以司机们到了这路口都心惊胆战，恨得牙痒痒。

他干的这营生，好心人会给一两次，但也不是天天给。后来，人们只要远远看见他，就会迅速关上车窗锁好车门，眼睛盯着红绿灯，盼望秒数更快一些。

雪花飘舞的一个傍晚，路面很滑，开车的人战战兢兢等红灯。几个绿灯都亮过了，他偏偏堵着一辆卡车不让走。车上跳下来两个年轻人，拉住他就打。他头被打破了，血流到脸上，粘成一大块。大家又恨又气，坐在车里看，没一个人上前阻止。

大车开走了，他用黑脏的手揉揉满是血的脸，不喊不嚷，一瘸一拐走上人行道，单薄的身子摇摇晃晃，终于跌倒在冰冷地面上。我跟在队伍后面，又可怜又可气，转过弯赶紧停了车，跑过去拉他起来。他一下子大声哭起来，像个孩子。我拿出五十块钱（因为没零钱），他一看，马上就笑了，但此后他再也没堵过我的车，遇见后就笑笑，特赦般挥挥手让我过去。

同事却说，别看他又丑又傻，却是个好人，还是个孝子呢。他们是发小，同村的，知道真实情况。

超超生下来就是小儿麻痹，还有兔唇，但长得还算周正，最起码没现在这么怕人。有一次重感冒，可父母不愿花钱治疗，高烧几天后，就嘴歪眼斜了。他长大了，一只手永远像爪子一样向后弯，一只腿瘸了，只能用脚尖走路，摇摇晃晃经常摔跤，磕得头破血流。人人都说老天爷世下（创造）他的时候，绝对喝醉了。

父母懒得起名字，就喊他超超（本地人把傻子叫超子），大家跟着喊。他们不大管他，就像地里的苦苦菜，任其自生自灭。他有两个哥哥，都健全聪敏，父母特别偏心他们。他父亲常常说，"以后就靠聪明的养我们老。超超嘛，赶紧让老天收了去算了"。

168

谁也没想到，就是这个傻儿子，最终伺候着从不待见他的父母。

他九十岁的老母，缠过的小脚不能走路，还患了老年痴呆症，连亲生儿子都认不得。九十三岁的父亲双目失了明，脚腿也不灵便，只能天天躺在炕上。大哥拿了父母弟弟的各种扶助金、低保金，住在贴了瓷片的大上房里，开着轿车，却和一对老人、傻子弟弟井水不犯河水。二哥做了上门女婿，十多年才回来过一次。听说回来还抱怨是父母无能、大哥无情、弟弟傻子，才拖累他成了外乡人。

超超只能担当起养活自己和父母的重任。他用鸡爪子一样的手，给父母做饭洗衣、喂吃喂喝，接送大小便，给母亲梳头，抱父亲晒太阳，还要清洗大小便糊脏了的床单被褥。起先他不会洗，就倒上水泡几天，然后用木棍捶打一顿晾起来，干净也罢，不干净也好，也见天洗着。

他居住的村子是回汉杂居，回族占大多数，经常有"锅里倒油"的活动；遇到白事，讲究的人家还会散"也贴"（发钱），就是把亲戚朋友都请到家里来吃吃喝喝，不能来的还派家人送去饭菜。

这样一个丑人，在村里却谁见了都高看几眼。谁家过红白喜事时，超超就被通知去给父母端吃的东西。知道自己相貌会吓着客人，他总是站在大门边，乌里乌拉地说听不懂的话。村人听了几十年，知道他是希望给父母的烩菜烂一点，油香软一点。有人不但多给几个油香几碗烩菜，还多给几块钱。他就把钱用手捋地平平展展，回家后交给父亲，连同十字路口堵车要的。躺在床上的老父亲，掌柜地一样指挥着他这钱该怎么用怎么花。

超超成了老人们心中最攒劲（优秀）的儿子。他们感叹到，那对老人因祸得福，倒是沾了这个傻儿子的福。说这话时，他们披着棉袄，坐在墙角晒太阳，看着自家矮矮的围墙，长满蒿草的院子，塌七塌八的泥屋。村里空荡荡的，没一个年轻人的影子，没一张年轻好看的脸，风刮过去，吹着满川荒草，一世界的寂寥。

不远处，超超艰难地背着父亲出来晒太阳，把母亲安顿在小凳上坐稳，然后拿着木棍"打"衣服"搅"床单。阳光温暖和煦，罩在这家人身上……

　　近两个月，我一直在外地，回来上了几天班后，在十字路口也没见他在"工作"。我无意中问起，同事叹了口气，说城里到处修路，超超又不懂，继续堵车要钱，被一辆超载的大货车碾死了。他两个哥哥为抚恤金的分割争吵不休，正准备上法庭打官司呢。

第四辑　她们的她

当我疼痛我会想起谁

一

胃疼，想很多人，当然最想的还是母亲。脑海中，在北七家的一个公寓里，她正抱着半岁的孙子，在地上转过来转过去，微笑遮盖了脸上的沟壑。这几年她胖了些，气色更好了，越来越慈祥，越来越闲不住。孙子稚嫩的笑脸，呀呀的叫声，就是抚慰她的良药吧？五个女儿，不管哪个到北京，她都很高兴，换着花样的喂养。夜里，热得睡不着，我们就回忆以前的事。她说年轻时忙忙碌碌，没意识到疼爱子女，也顾不上把孩子拉在怀里抱抱亲亲，忽然一下子都大了，天南海北的跑了，才知道了后悔。说到快天亮，我迷糊了一阵醒来时，她已熬好粥，喊这个那个吃饭。有时候我们吃着说着，她坐在一旁，这个脸上瞅一下，那个脸上瞅一下，笑眯眯的不插一句话，只是不停地给我们碗里夹菜。

二

　　地铁口，她站在前面，花白的头发在风里舞蹈，一边紧紧拽着孙女的手，一边拉着我的胳膊，你们往后站，可是要小心。买完书，去饭馆吃饭。人很多，排了半天的队，好容易挨到了，她一看价钱，就说这个不想要那个不好吃，看了半天还拿不定主意。我找好座位下楼，见她们已在门外站着了。女儿说，奶奶说太贵了，划不来，回家吃多好。气得我不理她们，一个人往前走。走了半天，回头却不见了她们人影。我慌慌张张折回找，见奶孙坐在路边，一人捧一瓶酸梅汁喝。她笑嘻嘻地说，这个又便宜又养人，多好。

三

　　桃花苑，一个豪华的公寓，一个美丽的名字，住的却都是没人陪伴的空巢老人。他们早晚蹒跚着，绕花园慢慢转圈子。母亲是小区里的"年轻人"，很多人都是她的朋友，平日里谈谈心说说话，遇上急事时还能帮帮忙。对门的阿姨，儿子是日本留学回来的博士后，据说在上海北京都有房子，娶了个洋媳妇生了个洋孙子，但很少到这里来。钟点工每天来打扫卫生、做饭洗衣，然后就回去了，夜半，阿姨阑尾穿孔，还是母亲打电话送到医院的。阿姨很感激，也羡慕母亲有这么多的儿女。我们一起去超市买东西，母亲就炫耀，这是我大女儿大女婿，大孙女，阿姨盯着看了好久，大声说，真好啊。你妈妈了不起，生的都是好儿女。晚上，我们陪她散步，见阿姨一个人坐在花园边的小藤椅上，银白的头发长长短短，落寞地摇着扇子。母亲长长叹口气，我这辈子，有你们几个，就知足了。

四

她做的一手好饭菜，而且最喜欢给孩子做，在她的"精心照料"下，弟弟胖弟媳胖，连家里的狗也胖。女儿考到了北京，最高兴的是母亲。临走时小妹就警告，去了要注意啊，奶奶可是职业喂养师，几天就把你喂成猪娃子了。果不其然，她天天变着花样做，女儿电话嚷嚷说胖了很多。她会包了茴香猪肉馅的饺子，用饭盒装起来，小心翼翼抱在怀里，坐十几站的地铁，给她送到学校去。

五

天凉了，北戴河的海水还温热。一群中年人大呼小叫在海水里跳跃，几个漂亮女孩穿着泳衣在拍照，小孩子在暖暖的沙滩上打滚；我兴奋地脱掉鞋子，玩得不亦乐乎。她远远看着，只说你们去玩，这么多人，我看着鞋子。一会儿，我扭头看，见她坐在沙滩椅上，一手抓着我的包，一手拿着没喝完的饮料，面前是整整齐齐的几只鞋子。夕阳照在她身上，闪着温和的金光。白浪滔天，一个大浪打过来湿了裤管，也湿了心。几天后，疲倦的我们回到弟弟家，倒头就睡。醒来已是傍晚，餐桌上摆满了碟子碗筷，红红绿绿的。她笑着说赶快洗洗吃饭。我抬头见裙子褂子长长短短的挂满了晾衣架，有些还搭在花园的钢丝绳上，旗帜一样，在晚风里飘扬。

六

八十多岁的外婆是她最牵挂的人，每天都会打电话问候。外婆摔伤了，她听到消息后，孩子一样哭，谁都劝不住。弟弟连夜买票，说好了送她。第二天弟弟手术完，一个电话打过来，她已在回来的路上。她一进门就守在外婆身边洗头洗脚、洗衣喂饭擦身子，哪儿也不去。夜深了，她怕我害怕，就说送我过去（我和外婆一个小区，两个单元）。我们从黑黑的楼道里走出来，她紧紧拉着我的手，白晃晃的月光下，路边的垂柳婆娑。我收拾好床，女儿高兴地抱着她说一起睡。她一定要过去，我们要送她，她连连说算了，天黑了不好走，小心摔跤。

七

我要从北京回家了，她一遍遍说要拿好手机和充电器，要把车票装在包里层，又操心路上吃什么。到了公交站点，她拉拉我衣角说，回去别心急，好好吃饭。娃娃大了总要离开的。784来了，她忽然大声说，哎呀，咱不上这趟了，我把洗好的水果放在桌子上了，接着就飞快地往回跑，略显肥胖的身子，利索地闪进了黑大门。一会儿，她气喘吁吁地跑过来，脸上汗珠亮晶晶。她递过一个红色塑料袋，又从口袋里掏出几个硬币递给我，公交车上要零钱，方便些。车卷着灰尘到了跟前，她推着我上车，赶紧找个座位。车很快就开了，我扶着椅背，看着那白发的臃肿的身影越来越小，越来越远，眼泪就下来了。

八

她惦记着我的身体，怕这个怕那个；担忧小妹妹小外甥女，希望她们日子过得顺心；当然还有爸爸。他俩一辈子争争吵吵，舍不下放不下。我们有时埋怨，她也不争不嚷，只是听着，低头不语。

九

女儿在北京的第一周，打电话说，我奶奶很神奇啊，今天吃饭时说，赶快给你爸爸妈妈打个电话吧，他们想你想得哭呢。我问奶奶咋知道的，她神气地说，我养的怎么能不知道呢。寒假了女儿说，老妈，本想和同学一起去哈工大玩，奶奶说这学期就赶紧回去吧，你爸爸妈妈在家里急死了，等明年他们习惯了，你就可以出去玩了。

十

我爬起来给她电话，她焦急地说，这几天我左眼皮跳的，是不是你们谁有病了？都要爱惜身体啊。我的眼泪哗哗，胃一下子不疼了。

写进土里的字

一

夏日傍晚，万物镀上一片金黄。小区院内，大人照例纳凉散步消食，孩子们拽着彩色气球追逐嬉闹。音乐声震天响，一群女人跟着鼓点扭动着。20 号楼下，老人们在打牌，旁边围满了人。我走过去，瞥了一眼，已没了那个瘦弱的身影。

二

舅妈在屋里躺着，等着赶赴另一世界。她本就瘦弱，现在变成薄薄的一片，贴在床上。花白的头发青黄脸，一个珍珠项链挂在松弛的脖颈上，人就更憔悴衰老。她已认不出别人了，也成了人们不认识的人。有亲戚来，俯下身子小声问，她被高声唤醒，睁开眼睛，懵懵懂懂，然后继续昏睡，似乎要把一生未睡足的觉补足，间或长长出口气，嘟囔一句，

177

大家急忙围上来揣测大意。大姨在身旁掉泪，这可怜的人，还做梦呢。梦，她的梦里有些什么？田地里干不完的活计，锅灶上四处摆着的碗筷，没有吃饭的婆婆丈夫，还是千里之外的孙子？年近八旬的父母，散在四处的儿女，舍不得穿的新衣，想吃未吃的饭菜？现在人们像照顾幼儿一样的照顾她，希望满足她提出的一切要求，可惜一辈子没做过主角的人，已不能说出任何心愿了。墙上，她绣的"花好月圆""家和万事兴"，花色嫩艳，喜庆美丽。

三

一切就绪，单等床上人咽下那口气。屋里屋外人很多，神色凝重。几个孩子日夜守在身边，希冀得到一两句遗言。先前他们怕她受不了瞒着病情，现在说出来也没有什么意义了。谁也不知道，此时她心里想什么。或许什么都没想，67 年的日子，想什么谁在意呢？干活拉扯孩子、干活拉扯孙子，一辈子哗啦啦过去了。她突然长长叹口气，仿佛有不能言说的秘密。楼下阴凉处，平日里一起玩麻将的邻居，为几毛钱吵吵嚷嚷的笑声传上来，热闹得很。

四

舅妈王素珍，瘦小娇弱沉默寡言，嫁入那个曾出过贡爷的大家族里近五十年，即将完成自己的使命。高大英俊的舅舅，精明能干的四个姨妈，加上近百岁的外婆，后院眼睛看不见的三爷，她在这个强势的家里永远是个小媳妇，大事轮不上管，小事也做不了主。大家族，衣食无忧，模样俊俏脾气好的男人，健康出息的六个儿女，一晃就过了一辈子。三个月前，九十岁的外婆去世，也就是说她做了一辈子儿媳妇。大家都说她天生就是个孝顺人，她呢？命该如此，信命就是，又有谁知道那些不甘和无奈呢？此时，人人都在感怀她的善追念她的好，似乎一下子变得宽容仁慈，忘记了背地里说她的不好，也不再去挑莫须有的理，不计较曾经的大小矛盾。被遗弃的过往事被一再提及，用来证明她的谨小慎微、老实本分与隐忍厚道。三个小时候后，她已睡在地上了。

五

阳光透过窗棂钻进来，一只金镯子发出耀眼的光芒，龙凤花纹，硕大宽厚，套在她瘦骨嶙峋的右手腕上。她给我母亲曾经偷偷说过，我就爱个金镯子，人家都有，我也想要一个。在生命的最后阶段，孩子们买了给她，她小心翼翼地戴着，每天出门去打一毛钱的麻将，那么的满足幸福。关于镯子，还有段插曲。十年前，她和我母亲同在南方一座城市为儿女带孩子。一次，她们闲逛到黄金店前，年轻的店员非常热情，连拉带拽。她们坐在矮凳上，怯怯地伸出了手，故作镇静，试过来试过去，把成色花样厚重均点评了一番，然后拉起孩子走出了店门。走了很远，才敢放声大笑，想不到咱这干活的手，连金镯子都戴过了。这几年老人以戴金镯子为时尚，可惜她只戴了四个月就走了。儿女们坚持把她最喜爱的饰物，放进棺材，但不可能。屋里一片白，墙上的绣品也被白纸遮了。白茫茫一片真干净。

六

遗像清晰而美丽。她慈爱宽容，看着忙里忙外的人，瞅着跪在地上哭泣的孩子。人们似乎第一次发现她居然如此坦然自若、大方干练。如果这才是真实的她，那么睡在盒式冰柜里那人又是谁呢？千千万万和她一样的女人，只有在葬礼上，才会被直面那漫长的一生。谁又知道那修饰过的照片、修饰过的人生背后的真相？她们习惯了将自己的眼泪心酸、辛苦艰难、屈辱空虚、身体的疼痛、被忽视的无奈、年老的悲凉、被儿女抛弃的无助无奈深深藏起，从不说出来。表面上的子女孝敬儿孙满堂，不用劳作安享天年，也掩盖不了那些心酸与委屈。丧礼隆重而有序，那么多人在忙碌，足见对她的敬重爱戴。每个祭奠的人来都进来看一眼，舅舅强忍悲痛，扶着墙艰难起立，一遍遍解释。他高大的身子迅速佝偻，不得不一次又一次地面对着妻子单薄如纸的样子。四十天之内，失去了一个老妈一个老妻，他坐着发愣，不发一言。哀乐低吟，玻璃罩内的人陌生遥远，用来衬托他凄凉孤单的后半生。

七

表妹大声哭诉，我老妈一辈子怕欠人情，怕给别人带麻烦。从上海看病归来，叮嘱最多的就是来往的人情要替我还了。我们坐在灵堂里回忆往事。某年五一放假，她和我母亲带一群孩子拔草。天色很晚了，空阔的旷野只剩我们几人，饥饿恐惧，我们抱怨耍脾气，她们低头不理埋头干活的样子历历在目。又某年大雨连绵，麦子全长出了绿芽，她披块塑料布，冒着大雨去遮盖麦垛。瘦小的人趴在梯子上，像一个黑点。她没读过书不识字，但后来借助字典认识了不少，老了老了还会读书了。还有许多故事情节细节，被长大了的儿女们渐渐遗忘，我们经常以为父母的付出是理所当然，从不关注他们的内心。前几天，她还和我母亲唠叨，那时年轻，怎么就不知道疼爱娃娃呢？两个头发花白人说起来，自责的神情好像她们从来没疼爱过一样。

八

清晨，她被人从窄窄的冰柜移放进稍宽阔的木头盒子里，四周塞满了穿过的衣服用过的床褥被单。灵幡在风中飘荡，灵车缓缓驶过，后面跟着几十辆送丧的车，她要去几十里外的山上，在一个土坑里安息。山上，因为刚下过雨，一切都崭新如洗。电厂高大笔直的烟囱，白烟直上云天。墓坑已挖好，方方正正，新鲜的黄土被翻出，土味扑鼻。阳光照在草木上，露水晶莹璀璨。一阵忙活后，她在外婆外公脚下安眠了。这一生，人间游行完毕，她被埋进土里，回家了。

九

坎贝尔说过，活在活着的人心里的人，就不会死去。

楼上坠下个菜篮子

每天六点五十分，我出门赶往学校。

时间久了，便发现一些规律。比如经过车库时，总会遇见瘦高的看门人和他的胖老婆拉着垃圾车去垃圾点。烫黄发的女人高跟鞋噔噔，嘴里直嚷快些；背着大书包的小姑娘，撅着嘴跟在妈妈身后，深一脚浅一脚地走，她还没睡醒。绿衣的阿姨提着个红菜篮倒着走路，从不偏离方向，仿佛脊背上长了双眼睛。卖馒头的女人呢？一会儿就揭开几层笼屉，热气腾腾中，面香弥漫……

油饼摊就在馒头铺隔壁。炸油饼的女人五十多岁了，很胖，围着个黑色的塑料围裙，在油锅前忙活。她个头不高，白白净净，大眼睛扑闪扑闪，见人就笑；嗓音格外宏亮，像个唱歌剧的女高音。

每隔几分钟，只要喊声"油饼出锅了"，人就从四周呼啦啦聚拢来，排了队等。她收钱找钱，扯下黑塑料袋装油饼递油饼，动作娴熟流畅，麻利得很，不管人多人少都不急不躁，和蔼地说，恬然地笑。

油饼剩下两三个时，她就停下来，仰头看三楼。三楼阳台上，定会

182

出现一个老太太，身子弯成张弓，脸像个黑核桃。

她喊一声，田姨，我给你送上来吧？

老太太说，那太麻烦了。

她笑笑，没事，我正想爬爬楼梯减减肥呢，然后提着油饼噔噔噔上楼了。几分钟后，她气喘吁吁地下来，从锅里舀出残油，端了热水，倒上洗洁精，里里外外收拾得干干净净。

这样的问答，日日继续，成为一景。大家都习惯了，每天听着看着，心里暖烘烘的，脚下也有了劲。

一个雪天的早晨，老人没在阳台露面，她喊了几声也不见动静，就有些慌。她退后了几步，伸长了脖子继续喊，大嗓门把榆树上的一片叶子都惊掉了，可是阳台上还是空荡荡，玻璃被花花绿绿纸糊得严严实实。

她有些急，对排队买油饼的人说，对不起了啊，大家先等等，我去看看，三下两下扯了围裙，准备跑上去。

窗户忽然打开了，老人带着个硕大的帽子，扶着拐杖，颤巍巍的摆手，接着就从上面坠下个小篮，里面放着几块零钱。

她笑了，把钱取出来，把油饼用塑料袋裹好，抬起头说，拽上去吧。今天你可吓坏我了。

老太太探出头，那会儿我睡着了。下雪了楼道滑，别跑了，吊两个上来就行。

她说，好啊好啊。那我以后就天天等着你的篮子啊。她挪了几步，看老太太将篮子缓缓拉了上去。

人们都笑着说，这一老一小的可真有意思啊。老人也笑，露出黑乌乌的嘴。

从阳台上垂下来的篮里除了钱，内容还蛮丰富的，有时是一袋牛奶一个苹果，有时是一个棒棒糖。天气奇冷时，还吊下来过手织的围脖和手套。当然，拽上去的，有时是油饼，有时是油条，还有软软的油圈圈，甜甜的油糕。

不久楼门口摆了几个花圈，搭起了一顶帐篷。老太太去世了。

那天早上，买油饼的女人早早就收了摊。她脱下围裙，换上一身干净的衣服，走进了三楼那家。

老人已经躺在地上，脸上蒙着一张白纸。她拿出两个油饼，摆在桌上，本想掉泪，见老太太在相片里，笑眯眯地看她，便也笑了一下，鞠了三个躬，转身下楼了。

她依然天天早上卖油饼，只是吆喝时，声音里多了点落寞。每次剩下最后两三个，她总会抬头看那扇窗户。

三楼已卖给另外的人家了，玻璃也贴上了大红色，再也不会坠下小篮了了。

过了不久，已不见买油饼的女人了，油货店也变成了成人保健品店。

每次路过，人们总会想起那矮胖的身影，那清脆的吆喝声，还有，楼上坠下的篮子。

杀鸡的小媳妇

啊！撕心裂肺的声音传来时，榆树上的两片干叶摇摇欲坠。夜色斑斓，霓虹灯映照在雪地上，泛出五彩的光芒。

我们看了看四周，没几个人。一个裹得严严实实的男人，正小心翼翼地走路。一个戴厚口罩的女人，双手提着塑料袋。还有个老人，正弯腰拾起被风吹断的树枝。也是，这冰天雪地的，人都钻屋里看电视玩手机，谁还来外面受罪呢？

朋友说，快看那边。店铺全关闭着，招牌上满是尘灰，仿佛长在了屋檐上。两个影子正拉拉扯扯，一团黑乎乎的东西在雪地上滑过来滑过去，陀螺般转圈圈。

啊！又是一声叫，一个影子飞速而去，一个影子坐在地上放声大哭。

女人？人们马上停住了脚，隔着厚厚的口罩面面相觑，然后迅速走了过去。

洗车行的门忽然开了，射出一片惨白的光，空旷的大厅像个张开大口的冰窟窿，一个矮个子男人走了出来。

地上的影子蠕动了，我不想活了啊……这日子咋过呢？不如死了算了……

男人上前劝说，春春妈，地上这么凉，你赶紧起来。

地上人的哭着说，今天他又来了，把我卖鸡的几个钱全抢走了……

我抬头看，才发现洗车行的旁边是个小小的活鸡店，低矮破旧，门帘脏兮兮，夹在一排铝合金防盗门中，如大象群里的小羊羔。

我忙拉了起来。又瘦又小的女人转身趴在冰冷的墙面上，放声大哭，油乎乎的围裙硬邦邦，发出咔咔的响声。

快进屋吧，这么冷的天，里面还有两个娃娃呢，那男人又对我们说，一起劝劝她吧，这女人迟早会出事的。

女人被簇拥着，揭开门帘，走进屋里。

屋子不大，乱得让人惊心。昏黄的灯光下，两个三四岁的孩子挤在一起，坐在角落里一张看不清颜色的床上，惊恐地望着我们。两个不高的铁笼立在门旁，上层挤着鸡下层也是，蜷缩成一团，像一个个花色杂乱的小球。

地中央有个火炉，一锅粥摆在上面。几个吃过的碗。几双一次性筷子。一块看不清颜色的毛巾。装炭的铁桶。装满灰土的脸盆。破旧的棉袄。豁了口的杯子。装满鸡毛的塑料袋，红的黑的鼓鼓囊囊。一个大大的洗衣盆里，泡满了宰杀后等待拔毛的鸡，满屋都是臭烘烘的味道。

她站在地上，梦游一样，日子太苦焦了，看不到头了，怎么办啊？憔悴沧桑的脸藏在一堆乱蓬蓬的头发里，满脸的惊惶失措。

妈妈，你不要哭了，给你吃这个，大点的女孩，怯生生盯着母亲，拿着一包打开的康师傅方便面。

我可怜的娃啊，不是你们，我早走了。可我走了，你们咋办啊……她抬起头来，凄婉地自嘲，我想让你们坐下，可这种脏臭的地方，谁敢坐啊？只能让你们站着了。哎，从哪里说起呢？这些天吃不好睡不着，

186

心口子疼，我都成了个神经病了……她坐在小凳上，开始拔鸡毛。

我哥一条腿瘸了，家里怕他打光棍，就早早定了门亲，但彩礼太高了，得十五万，为了给我哥娶媳妇，十四岁上父母就把我出嫁了。我妈说，女人只要安分守己，好好过日子，就能走到人前去，可我进了这家门，一天好日子都没过上……

其实，第一眼见他就不像下苦的人，一结婚就几天都不见个人影，我后来才知道他耍赌，结婚一个月，婆婆公公就分了家，因为不想让他拖累。没办法，我们就在别人家看瓜棚里住了一年多。生了大女儿，他一看是女子，就撇下我们娘俩不管。冬天的瓜棚四处漏风，风嗖嗖吹过来，像针扎一样，我的风湿性关节炎，就是那时落下的病根。我哥实在看不过去，求嫂子劝劝他。他当着人面听几句，回来就使劲打我。有时赢了钱就回家一趟，输了钱就四处躲藏，后来赌债欠了几万，就跑新疆去躲债了。

妈妈，我要喝水……小点的孩子嗳嚅，她站起来，我们才发现，她的腿弯得像张弓，罗圈的厉害。

风湿病，浑身哪儿都疼，医生说不能动凉水，可是我不动就饿死了……没钱花没男人，天天靠亲戚接济也不是办法，娃娃大一点，我到城里打工。先在麻辣烫店里做小工，给包子铺里做帮工，后来给人家当保姆，在凉皮店里洗面筋；还在冰冷的河水里洗牛羊下水，洗得我一闻杂碎味就吐。日子还算过得去，暂时能吃饱穿暖了，可他又回来了，一把鼻涕一把泪的，说在外面多可怜。我心一软，婚也没离成……

她坐下来，拿起尖小刀收拾泡好的鸡，先割去肺叶上的绿色苦胆，又挖去内脏。鸡肠子撕破了，屎尿沾了一手，她艰难地站起来，走到水龙头那里，拧开水冲洗。

也怪我，以为他吃了那么多苦回心转意了，知道过日子了。两个人只要心在一起，啥都不怕，等手头稍微宽裕一点，我就准备开个面馆。

谁知他老毛病又犯了，家里只要有点钱就拿走，一分儿也不留，不给就打。下手真狠啊，揪住我头发，就往墙上撞。

生了儿子不到两个月，实在没办法我就出来找活干，混个生活费。实指望儿女都有了，他年龄也大了，该收心了。可是等我知道，家里的院子，几亩山地，窑洞水窖都抵了债。娘家人看我们娘几个要饿死，就给我点钱开了这活鸡店，但一天挣得还不够生活费，他还天天来要钱，要债的也跟着……

看着左邻右舍，把日子都过得热腾腾，我羡慕啊。尤其你们两口子，那才叫夫妻呢，男人洗车擦车，女人做饭带孩子，两个人说说笑笑，喝一碗米汤都香甜。我是做了男人做女人，哎……她又开始抹泪，这几天我就想，要不就找点老鼠药放汤里，让我们娘几个一起走了算了，可我的两个娃娃才活了几天啊……

她哭，两个孩子也大声哭起来，一屋子的影子跟着跳。

那不行，胖阿姨先开了口，不管怎么样，都不能走这条路。娃娃才这么大一点，你这当妈的就能狠下心？这种事可是不敢做。

那你们说，我该咋办呢？她茫然地坐着，往后的日子还长着呢，我熬不下去了啊。

中年男人恨恨地说，离婚！跟上这样的人一辈子都要受罪。人要染上了赌博，就不会好好过日子了。离了婚，最起码你以后不用管他，也没人敢来问你要债。法律规定非法债务不受法律保护，你不用还，以后凡是来要赌债的，你就打110。这样挣几个钱你们还能吃饱饭。我的电话你记着，以后有啥就打我电话。

朋友也说，千万不敢胡思乱想。你干完手头活先休息休息，或者回娘家呆几天。我们打问一下，看能不能帮你做点啥。

拾树枝的老人自始至终没说一句话，提起脚下的几个塑料袋转身就出去了。大家一看，都帮着收拾起来，捅炉子，烧开水，打扫卫生。一会儿，屋里热乎乎，看起来也整洁了很多。

老人这才严肃地说，我也给个电话号码，有事你就打电话，绝对有人管。我就不信这个世上还没王法了？依我说也怪你，遇上这样的人早早下决心离婚，不然怎么都翻不了身，可你还想着带娃娃一起死，谁给你的权利？既然生下来，无论如何都要养大，还要养得好好的。

她愣住了，也许从来没人这么说过吧。老叔，我……

不是老叔狠心说你，遇上事就要有主见，要学会用法律来保护自己。你完全可以不理那些要账的人，你要知道他们根本不敢动你一个指头。不能只想着死。要是这样，这个世上的人都死光了，你说对吗？

她重重点了点头。

人这一辈子，几十几节的活，不管遇上啥事，都要咬牙活下去，还要好好活，攒攒劲劲地活。更要教育好下一代，让他们知道，不能沾黄赌毒，不能干违法乱纪的事。

她抱起孩子，眼泪滚滚而下，我记住了今天你们说的话，这个世界好人还是多啊。真要感谢你们。谢谢了。

夜深了，从小屋出来，白花花的月色，白花花的路面。大家每人手里提着两只鸡，一路小跑，赶往各自的目的地。

也许是跑热了，也许是心暖了，总之天气不太冷了……

照片里的春秋

一

你有时间吗？给你看个东西。

我放下书，什么东西还这么神秘？

她不说话了，扭过头望着窗外。楼下，几棵槐树在秋晨里扑簌簌摇晃，一只麻雀正对着树枝叽叽喳喳，我知道她又偷偷掉泪了。平常这时段，应该是她和九十岁老妈通话的时间，娘俩十年如一日叽叽咕咕，瓜长蔓短，从不间断。半个月前，外婆猝然离世；过了半月，舅妈跟了去；过十几天，卧床几年的二外爷辞世；再过不久，二舅闭上了双眼。

天塌了。

一个月之内，她和弟弟往返于京城老家，一趟一趟。当天灾人祸接连发生，除了哭天抢地只能默默接受。她说眼睛都哭麻了，看不清东西；接着就自言自语，我怎么一点眼泪都没了呢？是哭干了吧？我们百般劝

190

慰，走的已走了，活的还要好好活着。她点点头，说人活着时日子太短了，呼啦一天就没了；人走了日子就长，难熬地很。我心里凄惶，忙绕开话题，老妈，你不是说有东西要我看吗？

她下了床，慢腾腾走到阳台上，透过窗户看对面。隔着一幢楼，临街的那间屋子就是外婆曾经住过的地方，现在人没了房子也空了。她看了好一会儿，才返回到衣架边，在自己的小包里翻了半天，拿出一个东西递过来，你看看，这是我的相册。

二

她拍艺术照的事我们都知道。半年前，弟弟小区门口有个影楼搞活动，二折还有赠品。母亲买菜回家，说那些天天结伴去菜市场的老人都去凑热闹，谁花了几百照了一套谁也正准备拍。弟弟一贯孝顺，忙说妈妈你也去拍一套吧。她连连推辞，说这么大的年纪了还拍那个，也不怕人笑话？弟弟弟媳教育了一番后，她有点动心，便给天南地北的孩子电话，咨询敢不敢去能不能去。我们异口同声的表示鼓励支持。

拍照前夜，她打电话问我的意见，说拍完了还送一袋米呢。我大笑，太好了，一袋米也要几十元，很划算的。尽管还有些迟疑，但她最终还是去了，也许一袋米的诱惑更大，拍完后她让弟弟把电子版上传给各家。其时小区正改造光纤网，不能上网，我也就没来得及看，紧接着就是各种霹雳般的消息，人都被震晕了，照片的事自然放在了脑后。

这是一组真正的艺术照。

第一张上，她穿着酒红色的旗袍换上高跟鞋，头发烫了大卷，嘴唇红红的，站在一幅富贵牡丹图前，侧身而立，像个大家闺秀，双手随意搭在一起却风情万种。第二张是半身近照，同样的背景同样的衣服，不过披了件狐狸毛的白披肩。端坐在圆桌前的她，白皙圆润，妖娆妩媚。

191

第三张换成了欧式洋装，紫色的大摆裙上缀满了金丝银线，领口大大的，配着黄宝石项链，卷发上别着同色绢花。她双手伸出去，捧着一只鸽子，站在花台旁，像个宫廷里的贵妇人。第四张是雪白的礼服，发型也变了样。她抬头斜视，体态丰腴，平静安详，真像个高贵的公主。而最后一张更是惊艳，薰衣草的背景，深粉色的伞裙，小丝绸的绣包，一个娇嗔可爱的少女，裸色披肩随风飘动……

我看一眼照片再看一眼她，简直不敢相信自己的眼睛！是魔幻还是现实？相册上那个漂亮高贵、雍容典雅、气度不凡、明星范十足的女人，根本不是我身边的这个母亲。我的母亲，是个拉扯了六个儿女的农村女人，是个在泥里雨里爬滚过来的"男人"，是一粒曾被委屈与卑微浸泡的草芥，是一棵饱受打击却依然挺立的大树，怎么会有这样的魅力？

她站在那里，热切地望着我，像个等待评价的孩子。

太好了，我妈就是个大明星！是这个世界上最美的女人！我连声夸赞，真心的夸赞。

她羞赧地低着头，不好意思地笑了，人家给我化了妆，把脸上的褶子都抹平了，还让我穿了几套裙子，换来换去的麻烦。还有，那袋米很好吃呢。

我的眼泪一下子冒了出来，阴霾的日子里，一道光亮，迤逦而来。真心感激这个影楼及他们的活动，感激弟弟弟媳那再平常不过的几百元钱，我甚至感激那未曾谋面的摄影师，感激那些人像修饰的软件，为我们留下一个完全不同、颠覆常规的母亲形象。

三

我翻箱倒柜，找到那本旧相册，一张张翻看起来。

第一张是她和外婆外爷的合照。一个瘦削单薄、胆怯无助的少女站

192

在父母身后，长辫军服，稚嫩羞涩，尽管是黑白照，也能明显感觉到她营养不良。她说那时已怀着我了，成天呕吐。大锅饭，农业社里没粮，整整吃了一年的豆子。豆面散饭，豆面糊糊，豆面面条，锅里碗里绿沫乱冒，吃了难受不吃更难受。半夜饿得睡不着，偷偷摸到灶房里，只有豆面馍馍，咬一口又苦又涩，越嚼越多，眼泪也越冒越多，所以她后半辈子都不吃杂粮，尤其是豆面。

再翻开一张，是她和父亲的合影，身边站着我们仨。她的长辫已变成了剪发，一件黑蓝色上衣裹着个黑瘦干瘪的身体，严肃拘谨，满脸苦相。我和大妹毫无表情，二妹被剃成了光头，和尚一样。已有了三个女孩，如果再有个儿子就好了。奶奶说得禳改一下，老三就叫小翻吧。据说名字改得好，她又怀孕了，各种迹象表明是个男孩，人人都高兴，但她也并未因此金贵一点，大小几张嘴等着吃饭呢。夏天，生产队去山上拔麦子，来回几十里的山路，进门她就流产了。是个男孩！她晕了过去，躺在床上很多天才缓了过来。

接着一张是五个女孩簇拥在她周围的合照。那时我们已经长大了，面容姣好青春逼人，不但会做饭洗衣做家务而且个个学习奇好，但都是女儿。驼腰塌背的她坐在中间，瞪圆了眼睛，一副惊恐的样子。那时的她，好久没笑过了吧？没儿子的愧疚和痛苦，生活的艰辛苦难，已经把她摧残地像块钢铁，冷冰冰硬邦邦的了。

第四张是弟弟一岁时的彩照，我们家真正意义上的全家福。父母坐在正中央，笑容可掬，精神焕发。她抱着弟弟，明显胖了许多，也白了很多。三十多岁了终于生了个儿子，终于能挺直腰杆扬眉吐气了，内心的喜悦可想而知。多年来她一直以这张照片自傲，说那时谁见了我都夸，说六个娃娃都像熟饱了的麦粒，圆乎乎白嫩嫩的，有福气呢。

四

某天，她忽然说，你给我找个小一点的字典吧，随时能放在包里的。人老了，记忆差了，有些字不会写了，有些字也忘了读音。看书时，一些字在面前绕来绕去，就是认不得。这时我才记起外婆说过，她爱看书，怀我时吃得是豆面糊糊看的是《红楼梦》，也才想起家里夹鞋样的书就是《中华字典》，也才把她上过初小但因家庭成分和舅舅同时退学回家的事联系起来。

老人祖辈，谁都有被黄土埋的时候，活着就好好活。我要趁自己还能动弹，照几张好看的相片留下来，免得到时候你们麻烦。

说这话时，是在舅妈坟上。舅妈比她大两岁，被表哥接到城里住进楼房还不到半年，就患淋巴癌去世了。这姑嫂二人，都生了五女一男，都是男人在外帮不上忙，同样的年龄段同样的境遇，几十年患难与共的生活，感情极深。舅妈的遽然离去，对母亲的打击，不言而喻。正因为这样，她更看淡了那些恩恩怨怨，是是非非。

我这辈子生了六个娃娃，女儿儿子健健康康，没超子傻子，都成了家生了娃娃。尤其我的七个孙子，人长得乖，书念的好，我知足了，所以我以后要有了坏病（不治之症），你们就和我说清楚，不要哭哭啼啼，也不要花冤枉钱。人一辈子都是要走的，没见把谁给留下？秦始皇当年拜山祭海呢，还不是照样没了？现在社会这么好，该享受的我都享受了，还要啥？我活就精精神神活，死就干干脆脆死，不想拖累任何人。

又说，你外婆九十岁上去世，我才知道没妈的感觉。我现在说这些就是让你们记住，万一我没了，你们姊妹就是最亲的人。现在每家都一个孩子，都太单，以后要撑在一起，老了也能互相照应。

194

五

有时，她也和孩子一样任性唠叨，认死理规矩多，凡事总要自己动手才放心。妹妹家装修完房子，她挽起袖子就收拾垃圾。我们都说清洁员一百元就收拾得干干净净，用不着自己动手。她不说话，拿起抹布就擦，挡也挡不住。

有时，她做饭洗碗时就自言自语，也不知说的啥。还有，只要她在家，就不准女婿做饭洗锅。每次老公洗锅，她就偷偷唠叨，一个个让男人洗锅，让我咋坐得住嘛？人家会笑话有人养无人教育的。我们都笑，老妈对自己生的那是一点也不客气。

有时，她回来说谁家媳妇孝顺，谁家有两个儿子也没人管，谁家娃娃领回来个媳妇。我就不耐烦，你们这些老人成天没事干，就知道说东家长西家短，咋那么多闲话？她马上闭嘴，再也不吭声。我很后悔。

欣慰地是，如今的她还干脆麻利，健健康康。近七十岁的人了，说走就走，从不拖泥带水。偶尔我们抱怨工作太忙生活不顺，她就哈哈一笑，人心不足蛇吞象。社会这么好，不饿肚子不吃杂粮，有病能治有电视看，有班上有事做，有家有舍，又年轻又健康，胡愁啥呢？要我说还是国家好，不然，我们这些人还不是受苦受罪？大家都说，这老太太是真正的爱国爱党啊。今年农历有闰年闰月，老人们要做老衣（去世时穿的衣服，据说闰年闰月对后辈好），她说最后一身衣服要做就做最好的，自己喜欢什么就穿什么，在电话里和几个姨妈高高兴兴地讨论哪种颜色好看，什么样的纽扣合适。她已活成了哲人。

"人生天地间，忽如远行客"，所有女人都有过青春美丽，唯独母亲们没有。她们从被称呼为妈妈的那天起，就把所有心思都花在过日子，放在了儿女们的吃饱穿暖上，漂亮美丽似乎和她们毫无关联。她和千千万万的她们，把美丽和魅力这两个词，写在皱纹里，写在白发上。

我们把母亲的艺术照和那些老照片都翻拍了，装在一起，放在自家客厅里，存在各人手机里，不时翻着看看。心酸的母亲，操劳的母亲，辛苦的母亲和美丽的母亲，豁达的母亲，几张照片，总结了她磕磕绊绊而又平顺平和的几十载春秋。它们，既是时代的见证，也是岁月的烙印，更是老一辈关于快乐幸福生死的态度。它们，足能表达出一位老人心底的满足和安然。

岁月赐予的刀枪剑戟，一点也没吞噬掉她对真善美的期望。这才是生活的王道。

后记：立夏，我的村庄白了头

今日立夏。

"夏"本为"大"之意，指春天播种的植物已直立长大。据说古时这天，皇帝一定会亲率百官，"迎夏于南郊，祭赤帝祝融"，而辽阔的黄土地上，经过乍暖还寒的交替，也迎来了柳青草长、桃红李白、玉米出苗、冬麦拔节的好时机。

一大早细雨拂面，洗涤生机勃勃的世界，可接着就是大雨，就是冰雹。一颗颗白色的雪球打在松软的土地上，一砸一个坑。再接着变成雪粒，扑簌簌硬邦邦，到了夜间，鹅毛大雪覆盖了活力蕴藉的山川。

又一场夏天的雪啊！一霎时，山戴白帽，树穿寒衣，鹅黄缟素红粉一律裹上了冰衣。草斜苗歪，花败柳残，尤其是刚发芽的庄稼，全被寒气侵袭。在我家乡，几乎年年这样，让人在满怀喜悦的同时面对残酷，在无限憧憬时遇到迎头棒喝，也正因如此，这片土地上的生命，需经过无数的磨难挣扎，才能完成自然赋予的成长过程。人亦然。

整理完这本集子，正是夜半。推窗远看，夏雪皑皑，笼盖着山头，一种叫做悲悯的东西弥散开来。

这是我的第三本散文集。比起前两本的阳光温暖高处云端来，它似乎有些低温、略带忧伤。楼高雁过几春秋，四十年的光阴，转瞬之间，我的村庄白了头，我的父母白了头，我也白了头，但记忆之痕愈发清晰，一些关于曾经的曾、如今的今、他们的他、她们的她的细节情节在脑海中一一闪现，同我走过的路、住过的院、玩耍的伴、青春的梦、思念的人，都定格在某个时空了。

生长在西海固，很少有人能完全抛开农人根基。尽管住进楼房穿着皮鞋开着小车，但本质上依然是也只能是农人的后代。我眼中和笔下的这片土地，吃洋芋喝窖水的时代一去不返了，守着几亩薄地做老婆娃娃热炕头梦的乡民也少之又少了，可是，再也没了安然恬静、美好淳朴的田园牧歌式的画面。随着移民搬迁政策的实施，随着年轻人进城打工的步伐，这片土地上的人紧紧跟随着时代脚步，生活、精神已发生了翻天覆地的变化。在物质条件相对富裕，生存也没过去艰难的同时，精神缺失、信仰缺失、灵魂无处抵达的空虚也攫住了人们的心灵。

而我的创作之路，也一度从故土中剥离出来，在云端飘荡了很长时间。到现在我才发现，唯有回到现实、回到低处、回到乡村、回到土里，才是写作的根本。我庆幸自己没被城市干燥的风一点点榨干温情，没被钢筋水泥同化为冷漠无情的机器。我始终无法脱离对这片热土的记忆，摆脱不了记录"他们"的喜怒哀乐。

我试图冲破曾经肤浅的认识和故作深沉，突破狭隘的乡土诗意和沉湎回忆的局限，用另一种视野角度去还原；尝试从人性的本质、黄土地的历史、文字的初心、民生民情、生命感悟出发，记录历史的、现在的、将来的真相，审视故土生存的现状，剖析理性的迷失、变裂的过程，希冀在消费的世俗圈中衍射出一线光亮。

在东岳山温柔的臂弯里，在渐渐干涸的清水河旁，在一片肥厚的黄土地上，有我的老家。不管流浪的脚步多远，不管沧桑的历史怎样侵蚀，只要一想起那些干旱黄尘的日子、水窖馍馍的昨天，我的眼睛就湿润起来。我让目光向下笔端向深，在村庄土地间游走，在身边人、事物上停留，例如村庄、树木、田野、天空、庄稼与土地。最重要的，还是人。一个个活生生的人，一个个身处底层依然将真善美传递出去的人。

这部集子里，都是小人物的身影，他们虽无大名众望，却有至情至性；他们和土地庄稼、洋芋白菜的关系，值得去描摹记录。我以为，文学就要记录时代，就要回归到生命的本质，所以我的笔下没有哀叹也没有悲怨，更不希望重新找回什么，只希望能在匆忙赶路之时，能留下一圈圈涟漪。

尽管我们的生活，多为琐碎庸俗，但我并不因此漠视麻木、躲避背离，希望能够做到捕捉与再现，赞扬且珍爱。它由一系列回忆的片段、跳跃的画面、青春的悸动、成长的无奈、冷静的反思和现实的惊心组成，没有宏大叙事，也没有多么励志拔高，伴随着感动而来的，更多是一种明亮的忧郁、热爱的叹息。

四季中，我最喜欢暮秋。想想看，蓝天深远，白云如岛，庄稼进仓，大地空旷，万物各按其时，走过了孕育发芽生长成熟的季节，寰宇一片收藏前的欣慰，封冻前的宁静，一条深邃的河流缓缓而过，浩浩荡荡，将澄清沿路的风尘旧事。忽然，一排南飞的大雁，嘎嘎地叫着，凌空而过。那是划破长空的声音，也是拨开情感刺痛心弦的亮光，既是滋润心灵的一场甘霖，也是净化污浊的清水。

《庄子》说："真者，精诚之至也。不精不诚，不能动人。"散文，说真话抒真情才是真谛。当悲悯之心能涵盖万物生命时，才能达到恢宏深邃的人性光辉！在文字之路上，我是幸运的，我的文字也是幸运的，成长的经历留存了一些词语，成熟的过程镌刻了一些记号，记忆的筛选让亲情乡情得以继续。当然，放在大格局中还远远不够，但自我比较，我也在慢慢地、不断地前进着。

高中语文教师的身份，职业特点的忙碌可想而知，阅读写作都是在挤时间中进行的。在别人闲聊麻将的间隙，养生美容瑜伽的空余，我选择了挑灯夜战且义无反顾。夜深人静时，坐在桌前，无数次的构思审度修改，他们、她们、它们，闭眼便能看见的立着的身躯，是坚持下去的最大动力。因为没有这个爱好的支撑，没有这块"自由"的天地，没有这些甘苦参半的过程，我不知业余时间如何打发。

文字的世界虽为沙里澄金，我想我还会继续下去，在潜心修炼自我升华的过程中，进行以西海固为精神故乡的观察与写作。

感谢为这本书出版提供机会的人！感谢付出心血的编辑！感谢一贯支持我的家人朋友！感谢读这本书的每一个人！

明天一大早，太阳定会照常升起；不到两一个时辰，定会雪消冰散暖风融融；冻蔫的树木挺直脊梁，凋谢的花朵继续孕育着果实。真正的夏天即将到来。而我，将一如既往，在梦想与现实间穿行，在写作和思考中前行。这是我的宿命。

己虽渺小，常怀梦想。

是为记。

2019 年 5 月 17 日星期五